»Man sieht nur mit dem Herzen gut. Das Wichtigste ist für die Augen unsichtbar.«

Im Jahr 1942 kritzelte Antoine de Saint-Exupéry erste Entwürfe des kleinen Prinzen auf eine New Yorker Restaurantserviette. Später wurde seine magische und geheimnisvolle Geschichte zum Jahrhundertwerk, über 140 Millionen Mal verkauft und in mehr als 260 Sprachen übersetzt.

Der König, dem die Sterne gehorchen, die widersprüchliche Blume, der gezähmte Fuchs und die Erkenntnis, dass Erwachsene seltsam sind: ›Der kleine Prinz‹ wurde poetisch und kunstvoll einfach vom brillanten Erzähler Peter Stamm ins Deutsche übertragen.
Mit Zeichnungen von Antoine de Saint-Exupéry.

Antoine de Saint-Exupéry, geboren am 29. Juni 1900 in Lyon, entstammte einem alten französischen Adelsgeschlecht. Mit 21 Jahren trat er in den zivilen Luftdienst ein und emigrierte im Zweiten Weltkrieg in die USA. 1928 debütierte er mit dem Roman ›Südkurier‹, in dem er wie auch in den nachfolgenden Werken vor allem auf eigene Erlebnisse zurückgreift. Weltberühmt wurde Antoine de Saint-Exupéry mit ›Der kleine Prinz‹. Am 31. Juli 1944 wurde sein Flugzeug über dem Mittelmeer abgeschossen, von ihm blieb über 50 Jahre keine Spur.

Peter Stamm, geboren 1963, studierte einige Semester Anglistik, Psychologie und Psychopathologie und übte verschiedene Berufe aus, u. a. in Paris und New York. Er lebt in der Schweiz. Seit 1990 arbeitet er als freier Autor. Er schrieb mehr als ein Dutzend Hörspiele. Seit seinem Romandebüt ›Agnes‹ 1998 erschienen sechs weitere Romane, fünf Erzählungssammlungen und ein Band mit Theaterstücken. Zuletzt erschien der Roman ›Die sanfte Gleichgültigkeit der Welt‹, ausgezeichnet mit dem Schweizer Buchpreis 2018.

Weitere Informationen finden Sie auf www.fischerverlage.de

Antoine de Saint-Exupéry

Der kleine Prinz

Aus dem Französischen
von Peter Stamm

FISCHER Klassik

MIX
Papier aus verantwortungsvollen Quellen
FSC® C083411
FSC
www.fsc.org

2. Auflage: November 2019

Erschienen bei FISCHER Taschenbuch
Frankfurt am Main, April 2016

Die Originalausgabe erschien erstmals 1943
unter dem Titel ›Le Petit Prince‹
bei Reynal & Hitchcock, New York

Abbildungen: Antoine de Saint-Exupéry

Gesamtherstellung: CPI books GmbH, Leck
Printed in Germany
ISBN 978-3-596-90631-4

Für Léon Werth

Ich bitte alle Kinder um Verzeihung, dass ich dieses Buch einem Erwachsenen gewidmet habe. Es gibt dafür aber einen ernstzunehmenden Grund: Dieser Erwachsene ist mein bester Freund auf der ganzen Welt. Ich habe noch einen anderen Grund: Dieser Erwachsene versteht alles, sogar Kinderbücher. Und schließlich habe ich einen dritten Grund: Dieser Erwachsene lebt im von den Nazis besetzten Frankreich, wo er Hunger und Kälte leidet. Er hat es nötig, getröstet zu werden. Wenn all diese Entschuldigungen nicht reichen, dann widme ich das Buch dem Kind, das dieser Erwachsene einmal gewesen ist. Alle Erwachsenen waren ja einmal Kinder. (Aber die wenigsten wollen sich daran erinnern.) Ich korrigiere also meine Widmung:

Für Léon Werth,
als er ein kleiner Junge war.

Eaton's Neck, Long Island, 1942
Antoine de Saint-Exupéry

1

Als ich sechs Jahre alt war, sah ich einmal ein wunderbares Bild in einem Buch über den Urwald, das »Erlebte Geschichten« hieß. Darauf war eine Boa zu sehen, eine Riesenschlange, die ein Raubtier verschlang. Hier eine Kopie jener Zeichnung:

Im Buch stand: »Boas verschlingen ihre Beute in einem Stück, ohne zu kauen. Danach können sie sich nicht mehr bewegen und schlafen sechs Monate lang, bis sie ihr Essen verdaut haben.«

Ich dachte danach oft über Abenteuer im Dschungel nach und machte mit einem Farbstift meine erste Zeichnung, meine Zeichnung Nr. 1. So sah sie aus:

Ich zeigte mein Meisterwerk den Erwachsenen und fragte sie, ob die Zeichnung ihnen Angst mache.

»Warum sollten wir uns vor einem Hut fürchten?«, sagten sie.

Meine Zeichnung zeigte aber keinen Hut, sie zeigte eine Boa, die einen Elefanten verdaute. Ich zeichnete dann das Innere der Schlange, damit die Erwachsenen es sehen konnten. Man muss ihnen immer alles erklären. Meine Zeichnung Nr. 2 sah so aus:

Die Erwachsenen sagten, ich solle aufhören, Zeichnungen von offenen und geschlossenen Boas zu machen und stattdessen Geographie, Geschichte, Rechnen und Grammatik lernen. So brach ich mit sechs Jahren eine großartige Karriere als Maler ab. Ich war entmutigt worden durch den Misserfolg meiner Zeichnung Nr. 1 und meiner Zeichnung Nr. 2. Die Erwachsenen verstehen nie etwas, und es ist für Kinder ermüdend, ihnen immer alles erklären zu müssen.

Ich musste mich also für einen anderen Beruf entscheiden und wählte den des Piloten. Ich bin seither so ziemlich überall auf der Welt herumgeflogen. Und meine Geographiekenntnisse haben mir dabei tatsächlich viel geholfen. Ich kann auf den ersten Blick China von Arizona unterscheiden. Das ist sehr praktisch, wenn man sich in der Nacht verflogen hat.

Ich traf in meinem Leben viele ernsthafte Leute. Ich wohnte oft bei Erwachsenen und konnte sie von sehr nah beobachten. Das hat mein Urteil über sie nicht gerade verbessert.

Wenn ich einen Erwachsenen getroffen habe, der mir einigermaßen schlau zu sein schien, machte ich mit ihm den Test mit meiner Zeichnung Nr. 1, die ich behalten hatte. Ich wollte herausfinden, ob er wirklich Verstand hatte. Aber jedesmal kam die Antwort: »Das ist ein Hut.« Also sagte ich nichts über Boas oder über den Urwald oder die Sterne. Stattdessen sprach ich mit dem Erwachsenen über Dinge, die er verstand, über

Bridge, über Golf, über Politik und Krawatten. Und er war zufrieden, jemand so Vernünftigen wie mich kennengelernt zu haben …

2

So lebte ich lange allein, ohne mit irgendjemandem über die wirklich wichtigen Dinge reden zu können, bis ich vor sechs Jahren über der Wüste Sahara einen Motorschaden hatte und notlanden musste. Etwas in der Maschine war zerbrochen, und da ich keinen Mechaniker dabei hatte, versuchte ich, die schwierige Reparatur selbst hinzukriegen. Es ging um Leben und Tod. Ich hatte kaum genug Trinkwasser für eine Woche.

Als es Abend wurde, legte ich mich auf dem Boden schlafen, tausend Meilen vom nächsten Haus entfernt. Ich kam mir verlassener vor als ein Schiffbrüchiger, der auf einem Floß im Ozean treibt. Ihr könnt euch wohl vorstellen, wie verwundert ich war, als mich im Morgengrauen eine lustige, kleine Stimme weckte. Sie sagte:

»Bitte … zeichne mir ein Schaf!«

»Was?«

»Zeichne mir ein Schaf.«

Wie vom Blitz getroffen sprang ich auf die Beine. Ich

rieb mir die Augen, da sah ich ein ganz außergewöhnliches kleines Männchen, das mich mit ernster Miene betrachtete.

Hier die beste Zeichnung, die mir später von ihm gelungen ist. Sie ist natürlich viel weniger entzückend als das Männchen selbst. Ich bin nicht schuld daran. Als ich sechs Jahre alt war, hatte man mir von der Kunst abgeraten, und ich hatte nie etwas anderes zeichnen gelernt als geschlossene und offene Boas.

Staunend schaute ich mir die Erscheinung an. Ihr dürft nicht vergessen, dass ich tausend Meilen von der nächsten Siedlung entfernt war. Und mein kleiner Mann sah nicht aus, als hätte er sich verlaufen. Er schien weder unter Hunger noch unter Durst zu leiden, weder müde zu sein noch Angst zu haben. Er sah nicht aus wie ein Kind, das sich in der Wüste verirrt hat. Als ich endlich die Sprache wiederfand, sagte ich:

»Was machst du hier?«

Er aber sagte noch einmal ganz leise, als sei es eine sehr wichtige Angelegenheit:

»Bitte … zeichne mir ein Schaf.«

Wenn man von einem rätselhaften Ereignis zu sehr überrascht ist, macht man, was einem gesagt wird. So seltsam es mir vorkam, mitten in der Wüste und in Lebensgefahr, ich zog ein Blatt Papier und einen Füller aus der Tasche. Da fiel mir wieder ein, dass ich vor allem

Geographie gelernt hatte, Geschichte, Rechnen und Grammatik. Ärgerlich sagte ich zum kleinen Mann, ich könne gar nicht zeichnen. Er aber antwortete:

»Das macht nichts. Zeichne mir ein Schaf.«

Da ich noch nie ein Schaf gezeichnet hatte, machte ich für ihn eine der zwei einzigen Zeichnungen, zu denen ich imstande war, jene der geschlossenen Boa. Ich war verblüfft, als der kleine Mann sagte:

»Nein! Nein! Ich will keine Zeichnung von einem Elefanten in einer Boa. Boas sind sehr gefährlich, und Elefanten brauchen viel zu viel Platz. Bei mir zu Hause gibt es nicht viel Platz. Ich möchte ein Schaf. Zeichne mir ein Schaf.«

Also zeichnete ich.

Er schaute mir aufmerksam zu. Dann sagte er:

»Nein! Das hier sieht krank aus. Zeichne ein anderes.«

Ich zeichnete. Mein kleiner Freund lächelte nachsichtig:

»Das sieht man doch, dass das kein Schaf ist. Das ist ein Schafbock. Er hat Hörner …«

Ich machte noch eine Zeichnung. Er wies sie zurück wie die vorigen:

»Das ist zu alt. Ich möchte ein Schaf, das noch lange lebt.«

Ich wurde langsam ungeduldig, es war höchste Zeit, mit der Reparatur des Motors weiterzumachen. Also kritzelte ich diese Zeichnung auf das Papier.

»Das ist eine Kiste. Darin ist das Schaf, das du dir wünschst.«

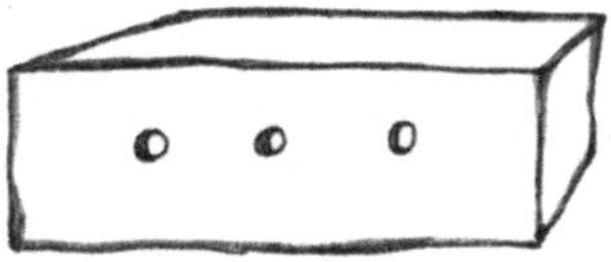

Ich war ziemlich erstaunt, als ich sah, wie das Gesicht des kritischen Jungen sich erhellte:

»Genau so ein Schaf wollte ich! Glaubst du, es braucht viel Gras?«

»Warum?«

»Weil bei mir sehr wenig Platz ist.«

»Es wird sicher reichen. Ich habe dir ein ganz kleines Schaf gezeichnet.«

Er beugte sich über die Zeichnung:

»Es ist gar nicht so klein … Schau! Es ist eingeschlafen.«

So machte ich die Bekanntschaft des kleinen Prinzen.

3

Ich brauchte lange, um zu begreifen, woher der kleine Prinz kam. Er, der mir so viele Fragen stellte, schien meine nie zu hören. Es waren seine beiläufigen Bemerkungen, aus denen ich nach und nach alles erriet. Als er zum Beispiel zum ersten Mal mein Flugzeug sah (mein Flugzeug werde ich nicht zeichnen, das ist viel zu kompliziert), fragte er:

»Was ist das für ein Ding?«

»Das ist kein Ding. Das ist ein Flugzeug. Mein Flugzeug.«

Stolz erzählte ich ihm, dass ich Pilot sei. Er aber rief:

»Was? Du bist vom Himmel gefallen!«

»Ja«, sagte ich etwas verlegen.

»Das ist aber lustig!«

Und er lachte aus vollem Hals, was mich sehr irritierte. Ich erwarte, dass man mein Unglück ernst nimmt. Er aber sagte:

»Also kommst du auch aus dem Himmel! Von welchem Planeten stammst du?«

Es war, als löse sich das Rätsel seiner Anwesenheit langsam auf, und ich fragte schnell:

»Du kommst von einem anderen Planeten?«

Er gab keine Antwort. Er schüttelte nur langsam den Kopf, während er mein Flugzeug betrachtete.

»Mit dem kannst du aber nicht von sehr weither gekommen sein …«

Er versank für einige Zeit in Träumereien, dann zog er mein Schaf aus der Tasche und betrachtete lange seinen Schatz.

Ihr könnt euch vorstellen, wie neugierig mich dieses halbe Geständnis über die »anderen Planeten« gemacht hatte. Ich versuchte, mehr darüber zu erfahren:

»Woher kommst du, mein kleiner Mann? Wo ist dieses ›bei mir‹, von dem du gesprochen hast? Wohin willst du mein Schaf mitnehmen?«

Nachdem er eine Weile nachgedacht hatte, antwortete er:

»Das Gute an der Kiste ist, dass das Schaf sie nachts als Stall gebrauchen kann.«

»Natürlich. Und wenn du brav bist, zeichne ich dir auch einen Strick, mit dem du es tagsüber anbinden kannst. Und einen Pflock, um den Strick festzumachen.«

Der Vorschlag schien den kleinen Prinzen zu überraschen:

»Es anbinden! Was für eine verrückte Idee.«

»Wenn du es nicht anbindest, wird es davonlaufen und sich verirren.«

Wieder musste mein neuer Freund lachen:

»Aber wohin sollte es denn laufen!«

»Irgendwohin. Einfach geradeaus und davon …«

Da sagte der kleine Prinz mit ernster Stimme:

»Das macht nichts. Bei mir ist so wenig Platz!«

Und ein wenig traurig fügte er hinzu:

»Geradeaus kann man bei mir nicht sehr weit gehen.«

4

So erfuhr ich eine zweite wichtige Sache: Dass der Planet, von dem er kam, kaum größer war als ein Haus!

Das konnte mich nicht sehr erstaunen. Ich wusste ja, dass es neben den großen Planeten wie der Erde, dem Jupiter, Mars und Venus, denen man Namen gegeben hat, noch Hunderte andere gibt, von denen einige so klein sind, dass man sie nicht einmal mit einem Teleskop sehen kann. Wenn ein Astronom trotzdem einen von ihnen entdeckt, gibt er ihm als Namen eine Nummer. Er nennt ihn zum Beispiel Asteroid 325.

Ich habe triftige Gründe anzunehmen, dass der Planet, von dem der kleine Prinz stammte, der Asteroid B 612 ist. Dieser Asteroid wurde bisher nur ein einziges Mal mit einem Teleskop gesichtet, und zwar 1909 von einem türkischen Astronomen. Stolz erzählte er an einem internationalen Astronomenkongress

von seiner Entdeckung. Aber niemand glaubte ihm, weil er eine seltsame Tracht trug. Erwachsene sind halt so.

Zum Glück des Asteroiden B 612 zwang kurz darauf ein türkischer Diktator sein Volk unter Androhung der Todesstrafe, sich so anzuziehen wie die Europäer. Der Astronom hielt 1920 noch einmal denselben Vortrag, diesmal in einem sehr eleganten Anzug. Und jetzt glaubten ihm die anderen.

Dass ich euch all diese Dinge über den Asteroiden B 612 erzählt und euch seine Nummer genannt habe, hat nur mit den Erwachsenen zu tun. Sie lieben Zahlen. Wenn ihr ihnen von einem neuen Freund erzählt, fragen sie euch nie nach dem Wichtigen. Sie fragen nicht: »Wie ist der Klang seiner Stimme? Welches sind seine Lieblingsspiele? Sammelt er Schmetterlinge?« Stattdessen fragen sie: »Wie alt ist er? Wie viele Geschwister hat er? Wie schwer ist er? Wie viel verdient sein Vater?« Sobald sie das alles wissen, glauben sie, ihn zu kennen. Wenn ihr den Erwachsenen sagt: »Ich habe ein schönes Haus aus rosaroten Backsteinen gesehen, mit Geranien vor den Fenstern und Tauben auf dem Dach«, dann können sie sich dieses Haus nicht vorstellen. Wenn ihr ihnen jedoch sagt: »Ich habe ein Haus gesehen, das hunderttausend Francs kostet«, dann rufen sie: »Wie hübsch!«

Ihr könnt den Erwachsenen also sagen: »Der Beweis dafür, dass der kleine Prinz gelebt hat, ist, dass er bezaubernd war, dass er gelacht hat und dass er sich ein Schaf gewünscht hat. Wenn man sich ein Schaf wünscht, muss man doch wohl existieren.« Sie werden nur mit den Schultern zucken und euch wie Kinder behandeln. Wenn ihr ihnen aber sagt: »Der Planet, von dem er kam, ist der Asteroid B 612«, dann werdet ihr sie überzeugen, und sie werden euch in Ruhe lassen mit ihren Fragen. So sind sie. Man darf es ihnen nicht übelnehmen. Kinder müssen mit Erwachsenen nachsichtig sein.

Uns, die wir das Leben verstehen, sind Zahlen natürlich egal! Am liebsten hätte ich diese Geschichte begonnen wie ein Märchen. Ich hätte gesagt:

»Es war einmal ein kleiner Prinz, der lebte auf einem Planeten, der kaum größer war als er selbst, und der

einen Freund suchte …« Für die, die das Leben verstehen, hätte das viel wahrer geklungen.

Ich mag es nicht, dass man mein Buch nicht ernst nimmt. Es macht mich traurig, diese Erinnerungen zu erzählen. Es ist schon sechs Jahre her, seit mein Freund mit seinem Schaf weggegangen ist. Wenn ich ihn hier zu beschreiben versuche, dann nur, um ihn nicht zu vergessen. Es ist traurig, einen Freund zu verlieren. Nicht jeder hat einen Freund gehabt. Und ich befürchte, ich könnte werden wie die Erwachsenen, die sich ausschließlich für Zahlen interessieren. Deshalb also habe ich Bleistifte und eine Schachtel mit Farben gekauft. Es ist schwierig, in meinem Alter mit dem Zeichnen anzufangen, wenn man nie andere Versuche gemacht hat als offene und geschlossene Boas im Alter von sechs Jahren!

Ich werde natürlich versuchen, meine Zeichnungen

so ähnlich wie möglich hinzukriegen. Aber ich bin nicht sicher, ob es mir gelingen wird. Eine Zeichnung mag gelingen, die nächste nicht. Manchmal täusche ich mich in den Größenverhältnissen. Auf einer Zeichnung erscheint der kleine Prinz zu groß, auf der anderen zu klein. Auch was die Farben seiner Kleider angeht, zögere ich. Also taste ich mich eher schlecht als recht vorwärts. Bestimmt werde ich mich in noch wichtigeren Einzelheiten täuschen, das müsst ihr mir verzeihen. Mein Freund hat nie viel erklärt. Vermutlich dachte er, ich sei wie er. Aber ich kann leider keine Schafe sehen, die in Kisten stecken. Vielleicht bin ich ja ein wenig wie die Erwachsenen geworden.

5

Jeden Tag erfuhr ich etwas Neues über den Planeten des kleinen Prinzen, über seinen Abschied, seine Reise. Es passierte wie nebenbei, durch die Zufälligkeiten unserer Gespräche. So erfuhr ich am dritten Tag das Drama der Baobabs.

Diesmal passierte es dank dem Schaf, denn plötzlich fing der kleine Prinz an, mich zu befragen, als hätten ihn schwere Zweifel erfasst:

»Es stimmt, dass Schafe Büsche essen, nicht wahr?«

»Ja, das stimmt.«

»Dann bin ich zufrieden!«

Ich verstand nicht, weshalb es so wichtig war, dass Schafe Büsche aßen, bis der kleine Prinz hinzufügte:

»Essen sie auch Baobabs?«

Ich belehrte ihn, dass Baobabs keine Büsche seien, sondern Bäume, so groß wie Kirchen. Und dass nicht einmal eine ganze Elefantenherde einem Baobab beikommen würde. Die Vorstellung, es könnte auf seinem Planeten eine Herde Elefanten geben, belustigte den kleinen Prinzen.

»Ich müsste sie aufeinander stapeln …«

Dann bemerkte er weise:

»Aber bevor die Baobabs wachsen, sind sie doch auch klein.«

»Sicher. Aber warum willst du, dass dein Schaf kleine Baobabs isst?«

»Na aber!«, antwortete er, als handle es sich um die selbstverständlichste Sache der Welt. Und ich brauchte meine ganze Intelligenz, um die Antwort selbst zu finden.

Natürlich gab es auf dem Planeten des kleinen Prinzen wie auf allen Planeten erwünschte und unerwünschte Pflanzen. Und folglich Samen von erwünschten und solche von unerwünschten Pflanzen. Aber Samen sind unsichtbar. Sie schlafen in der Dunkelheit der Erde, bis einem von ihnen einfällt aufzuwachen. Er reckt sich und streckt der Sonne ganz scheu zwei kleine Blättchen entgegen, die niemanden stören. Wenn es der Keim eines Radieschens ist oder der einer Rose, kann man ihn wachsen lassen, wie er will. Wenn es aber der Keim eines Unkrauts ist, muss man ihn ausreißen,

sobald man ihn erkannt hat. Nun gab es ganz schreckliche Samen auf dem Planeten des kleinen Prinzen: Samen von Baobabs. Der Boden des Planeten war von ihnen verseucht. Wenn man sich zu spät um den Keim eines Baobab kümmert, wird man ihn nie mehr los. Er entwickelt sich zu einem Baum und versperrt bald den ganzen Planeten und durchlöchert ihn mit seinen Wurzeln. Und wenn der Planet zu klein ist und wenn es zu viele Baobabs gibt, sprengen sie ihn schließlich auseinander.

»Es ist eine Frage der Disziplin«, sagte mir der kleine Prinz später. »Wenn man seine Morgentoilette beendet hat, muss man ganz sorgfältig die Morgentoilette des Planeten machen. Man muss regelmäßig die Keime der Baobabs ausreißen, sobald man sie von jenen der Rosen unterscheiden kann, denen sie am Anfang sehr ähnlich sehen. Das ist eine todlangweilige, aber wenigstens keine anstrengende Arbeit.«

Er riet mir, eine Zeichnung davon zu machen, damit die Kinder meines Planeten das Problem begreifen würden.

»Wenn sie eines Tages auf Reisen gehen«, sagte er, »dann könnte ihnen das nützlich sein. Manchmal ist es in Ordnung, seine Arbeit auf später zu verschieben. Aber wenn es sich um Baobabs handelt, kann das zu einer Katastrophe führen. Ich kannte einen Planeten, auf dem ein Faulpelz wohnte. Er hatte drei Baobabkeime übersehen …«

Ich zeichnete diesen Planeten nach den Anweisungen des kleinen Prinzen. Ich will nicht wie ein Moralist klingen, aber die Gefahr der Baobabs ist so wenigen bekannt und das Risiko so groß für jene, die sich auf einen Asteroiden verirren, dass ich für einmal eine Ausnahme mache. Ich sage: »Kinder! Hütet euch vor Baobabs!« Ich habe mir nur deshalb so viel Mühe mit der Zeichnung gegeben, um euch vor dieser Gefahr zu warnen, die ihr vermutlich gar nicht kennt und der ihr – wie ich selbst – bisher nur durch Glück entgangen seid. Ich hoffe, der Aufwand hat sich gelohnt. Vielleicht werdet ihr euch fragen, warum ich für dieses Buch nicht noch andere so grandiose Zeichnungen gemacht habe wie die der Baobabs. Die Antwort ist einfach: Ich habe es versucht, aber es ist mir nicht gelungen. Als ich die Baobabs zeichnete, war ich beflügelt von einem Gefühl großer Dringlichkeit.

6

Ach! Kleiner Prinz, nach und nach habe ich dein einfaches, trauriges Leben verstanden. Während langer Zeit hattest du als einzige Ablenkung die Schönheit der Sonnenuntergänge. Dies erfuhr ich am Morgen des vierten Tages, als du zu mir sagtest:

»Ich liebe Sonnenuntergänge über alles. Komm, gehen wir uns einen Sonnenuntergang anschauen …«

»Aber wir müssen warten …«

»Warten worauf?«

»Warten, bis die Sonne untergeht.«

Erst sahst du sehr überrascht aus, dann musstest du über dich selbst lachen.

»Ich dachte für einen Moment, ich sei immer noch auf meinem Planeten!«

Das weiß ja jeder: Wenn es in den Vereinigten Staaten Mittag ist, geht die Sonne in Frankreich unter. Wäre es möglich, in einer Minute nach Frankreich zu fliegen, könnte man dort den Sonnenuntergang sehen. Leider ist Frankreich viel zu weit weg von den Vereinigten Staaten. Aber auf deinem winzigen Planeten genügt es, den Stuhl ein paar Schritte weiterzurücken. So konntest du dir den Sonnenuntergang anschauen, wann immer du wolltest.

»An einem Tag habe ich vierundvierzig Sonnenuntergänge gesehen!«

Und etwas später fügtest du hinzu:

»Weißt du … wenn man so traurig ist wie ich, liebt man die Sonnenuntergänge …«

»Am Tag der vierundvierzig Sonnenuntergänge warst du also sehr traurig?«

Der kleine Prinz antwortete nicht.

7

Am fünften Tag erfuhr ich – wieder dank des Schafs – ein weiteres Geheimnis aus dem Leben des kleinen Prinzen. Er fragte mich brüsk und ohne Vorankündigung, als habe er im Stillen lange über dieses Problem nachgedacht:

»Wenn ein Schaf Büsche isst, isst es dann auch Blumen?«

»Ein Schaf frisst alles, was es finden kann.«

»Selbst Blumen mit Dornen?«

»Ja. Selbst Blumen mit Dornen.«

»Wozu sind dann die Dornen gut?«

Ich wusste es nicht. Ich war gerade sehr damit beschäftigt, an meinem Motor eine festsitzende Schraube zu lösen. Ich machte mir große Sorgen, denn langsam wurde mir klar, dass die Panne schwerer war, als ich gedacht hatte. Und da mir das Trinkwasser langsam ausging, befürchtete ich das Schlimmste.

»Wozu sind dann die Dornen gut?«

Der kleine Prinz vergaß nie eine Frage, die er einmal

gestellt hatte. Ich war ärgerlich über die Schraube und antwortete irgendetwas:

»Dornen sind zu nichts gut, sie sind die reine Bosheit der Blumen!«

»Oh!«

Aber nach längerem Schweigen warf er mir grollend zu:

»Ich glaube dir nicht! Blumen sind schwach. Sie sind treuherzig. Die Dornen geben ihnen Sicherheit. Sie denken, sie seien furchterregend mit ihren Dornen …«

Ich gab keine Antwort und dachte nur: Wenn diese Schraube jetzt nicht gleich aufgeht, nehme ich den Hammer und sprenge sie auf. Wieder unterbrach der kleine Prinz meine Gedanken:

»Und du glaubst, dass die Blumen …?«

»Nein! Nein! Ich glaube gar nichts! Ich habe irgendetwas gesagt. Ich muss mich um ernsthafte Dinge kümmern!«

Verblüfft schaute er mich an.

»Ernsthafte Dinge!«

Er betrachtete mich, wie ich da stand, den Hammer in der Hand, die Finger vom Motorenöl verschmiert, und mich über einen Gegenstand beugte, der ihm sehr hässlich erscheinen musste.

»Du sprichst wie ein Erwachsener.«

Ich schämte mich ein wenig. Aber er fügte erbarmungslos hinzu:

»Du bringst alles durcheinander! Du verwechselst alles!«

Er war wirklich sehr ärgerlich. Er schüttelte sein goldenes Haar im Wind:

»Ich kenne einen Planeten, auf dem ein knallroter Mann wohnt. Er hat nie den Duft einer Blume gerochen. Er hat nie einen Stern betrachtet. Er hat nie einen Menschen geliebt. Er hat nie etwas anderes gemacht als gerechnet. Den ganzen Tag wiederholt er immer wieder wie du: ›Ich bin ein ernsthafter Mensch!‹ Er ist ganz aufgebläht vor Stolz. Aber das ist kein Mensch, das ist ein Pilz!«

»Ein was?«

»Ein Pilz!«

Der kleine Prinz war jetzt ganz blass vor Ärger.

»Seit Millionen von Jahren haben Blumen Dornen. Seit Millionen von Jahren werden sie trotzdem von den Schafen gefressen. Ist es da wirklich so unvernünftig, wenn man zu verstehen versucht, weshalb sie sich dennoch die Mühe machen, sich Dornen wachsen zu lassen, die zu nichts

gut sind? Ist der Krieg zwischen den Blumen und den Schafen nicht wichtig? Ist er nicht wichtiger als die Additionen eines dicken, roten Mannes? Und wenn ich eine Blume kenne, die einzigartig ist, die nirgendwo wächst als auf meinem Planeten, und die ein kleines Schaf mit einem Bissen auslöschen könnte, einfach so, eines Morgens, ohne zu begreifen, was es da tut, ist das nicht wichtig!«

Er wurde rot und fuhr fort:

»Wenn jemand eine Blume liebt, die es nur ein einziges Mal gibt auf Millionen und Millionen von Planeten, dann reicht es ihm, sie anzuschauen, um glücklich zu sein. Und wenn er weit weg ist von zu Hause, dann schaut er sich die Sterne an und sagt sich: ›Meine Blume ist irgendwo da draußen …‹ Aber wenn das Schaf die Blume frisst, dann ist das für ihn, als seien auf einen Schlag alle Sterne erloschen! Und das ist nicht wichtig?«

Er konnte nicht weiterreden. Plötzlich brach er in Tränen aus. Es war Nacht geworden, ich hatte mein Werkzeug weggelegt. Mein Hammer, meine Schraube, mein Durst, sogar der Tod waren mir einerlei. Es gab auf einem Stern, einem Planeten, meinem Planeten, der Erde, einen kleinen Prinzen, der getröstet werden musste! Ich nahm ihn in die Arme. Ich wiegte ihn hin und her. Ich sagte ihm: »Die Blume, die du liebst, ist nicht in Gefahr … Ich werde deinem Schaf einen Maulkorb zeichnen … ich werde einen Schutz für deine Blume zeichnen … ich …«

Ich wusste nicht, was sonst ich noch sagen sollte. Ich kam mir ungeschickt vor. Ich wusste nicht, wie ich ihn erreichen konnte, ihn zurückgewinnen … das Land der Tränen ist so geheimnisvoll!

8

Ich erfuhr bald mehr von der Blume des kleinen Prinzen. Es hatte auf seinem Planeten immer ganz einfache Blumen gegeben, mit einem Kranz von Blütenblättern geschmückt, die kaum Platz einnahmen und niemanden störten. Sie erschienen eines Morgens im Gras, und am Abend verblühten sie wieder. Aber diese besondere Blume war eines Tages aus einem Samen aufgegangen, von dem man nicht wusste, woher er kam. Der kleine Prinz hatte den Keim, der keinem anderen glich, sehr genau überwacht. Es hätte ja eine neue Art von Baobab sein können. Aber die Pflanze hörte bald auf zu wachsen und bildete eine riesige Knospe. Der kleine Prinz ahnte, dass diese Knospe eine wunderbare Erscheinung verbarg. Die Blüte wollte nicht aufhören, sich im Schutz ihres grünen Zimmers auf ihr Erscheinen vorzubereiten. Sorgfältig wählte sie

ihre Farben, langsam brachte sie ein Blütenblatt nach dem anderen in Ordnung. Sie wollte ja nicht so zerknittert aufgehen wie die Mohnblüten, sondern gleich in ihrer ganzen Schönheit erstrahlen. Ja, sie war sehr eitel! Ihre geheimnisvollen Vorbereitungen hatten Tage und Tage gedauert. Und dann, eines Morgens, genau zur Zeit des Sonnenaufgangs, zeigte sie sich.

Nachdem sie sich so viel Mühe gegeben hatte mit ihrer Toilette, sagte sie nur gähnend:

»Ach! Ich bin noch kaum erwacht … ich bitte um Verzeihung … Ich bin noch ganz zerzaust …«

Der kleine Prinz konnte seine Bewunderung nicht verbergen:

»Wie schön Sie sind!«

»Nicht wahr?«, antwortete die Blume. »Und ich bin im selben Moment geboren wie die Sonne …«

Der kleine Prinz erriet wohl, dass sie nicht sehr bescheiden war, aber sie war so rührend!

»Ich glaube es ist Zeit für das Frühstück«, fügte sie hinzu. »Hätten Sie die Güte, an mich zu denken …?«

Der kleine Prinz war ganz verwirrt. Er holte eine Gießkanne mit frischem Wasser und bediente die Blume.

Sie bereitete ihm bald

Kummer mit ihrer Empfindlichkeit und ihrer Eitelkeit. Eines Tages zum Beispiel, als sie mit dem kleinen Prinzen über ihre vier Dornen sprach, sagte sie zu ihm:

»Die Tiger sollen nur kommen mit ihren Krallen!«

»Es gibt auf meinem Planeten keine Tiger«, erwiderte der kleine Prinz. »Außerdem essen Tiger keine Kräuter.«

»Ich bin kein Kraut«, sagte die Blume leise.

»Verzeihen Sie mir …«

»Ich fürchte mich nicht vor Tigern, aber es graut mir vor Zugluft. Hätten Sie vielleicht einen Windschirm für mich?«

Sich vor Zugluft fürchten ist nicht sehr praktisch, wenn man eine Pflanze ist, sagte sich der kleine Prinz, diese Blume ist ganz schön kompliziert.

»Nachts müssen Sie mich mit einer Glasglocke zudecken. Es ist sehr kalt bei Ihnen. Das ist unangenehm. Da, wo ich herkomme …«

Sie verstummte. Sie war ja als Samen gekommen, also konnte sie nichts von anderen Welten wissen. Sie schien beschämt, bei einer so einfältigen Lüge ertappt worden zu sein, und hüstelte zweimal, um den kleinen Prinzen ins Unrecht zu setzen.

»Und mein Windschirm …?«

»Gerade wollte ich ihn holen, aber Sie reden ja dauernd mit mir!«

Also hüstelte sie stärker, damit er sich trotzdem Gewissensbisse machte.

So kam es, dass der kleine Prinz, trotz seiner gutgemeinten Liebe, bald an der Blume zweifelte. Er nahm unwichtige Worte zu ernst und wurde dadurch sehr unglücklich.

»Ich hätte nicht auf sie hören sollen«, gestand er mir eines Tages, »man sollte nie auf Blumen hören. Man sollte sie betrachten und an ihnen riechen. Meine Blume erfüllte den ganzen Planeten mit ihrem Duft, aber ich konnte mich nicht daran freuen. Diese Geschichte mit den Krallen, die mich so sehr geärgert hatte, hätte mich stattdessen milde stimmen sollen …«

Er gestand mir auch:

»Ich habe gar nichts begriffen! Ich hätte sie nach ihren Taten, nicht nach ihren Worten beurteilen sollen. Sie duftete für mich, und sie erhellte meine Tage. Ich hätte mich nie ärgern dürfen! Ich hätte die Zärtlichkeit spüren sollen hinter ihrer ärmlichen List. Blumen sind so widersprüchlich! Aber ich war zu jung, um sie lieben zu können.«

9

Ich glaube, dass der kleine Prinz mit Hilfe wilder Vögel entkam, die auf ihrer Wanderung an seinem Asteroiden vorüberzogen. Am Morgen seiner Abreise brachte er den Planeten in Ordnung. Sorgfältig fegte er die Vulkane. Er besaß zwei aktive Vulkane. Das war sehr praktisch, um am Morgen das Frühstück warm zu machen. Er besaß auch einen erloschenen Vulkan. Aber wie er sagte: »Man weiß nie!« Also fegte er auch den. Wenn sie gut gekehrt sind, brennen Vulkane ruhig und regelmäßig, ohne auszubrechen. Das Feuer der Vulkane ist wie ein Kaminfeuer. Natürlich sind wir auf unserer Erde viel zu klein, um die Vulkane zu fegen. Deshalb bereiten sie uns so viele Unannehmlichkeiten.

Ein wenig melancholisch riss der kleine Prinz die letzten Baobabkeime aus. Er dachte, er würde nie zurückkommen. Deshalb waren ihm all die gewohnten Arbeiten an diesem Morgen so lieb. Und als er zum letzten Mal die Blume goss und sich daranmachte, sie mit der Glasglocke zuzudecken, hätte er beinahe geweint.

»Adieu«, sagte er zur Blume.

Sie gab keine Antwort.

»Adieu«, sagte er noch einmal.

Die Blume hüstelte. Aber nicht, weil sie einen Schnupfen hatte.

»Ich war eine Närrin«, sagte sie endlich. »Ich bitte dich um Verzeihung. Sieh zu, dass du glücklich wirst.«

Er war erstaunt, dass sie ihm keine Vorwürfe machte. Ganz verdutzt stand er da, die Glasglocke in der Hand. Er verstand ihre ruhige Zärtlichkeit nicht.

»Ja, ich liebe dich«, sagte die Blume. »Es ist meine Schuld, dass du es nicht gemerkt hast. Aber das ist nicht wichtig. Du warst genauso dumm wie ich. Sieh zu, dass du glücklich wirst. Lass die Glasglocke. Ich brauche sie nicht mehr.«

»Und der Wind …?«

»So verschnupft bin ich nicht … die frische Nachtluft wird mir guttun. Ich bin eine Blume.«

»Aber die Tiere …?«

»Ich muss wohl zwei oder drei Raupen ertragen, wenn ich Schmetterlinge sehen will. Es scheint, dass sie sehr schön sind. Wer wird mich denn sonst besuchen? Du wirst weit weg sein. Was die großen Tiere angeht,

vor denen fürchte ich mich nicht. Ich habe auch meine Krallen.«

Und treuherzig zeigte sie ihm ihre Dornen. Dann fügte sie hinzu:

»Trödle nicht herum. Das reizt mich nur. Du hast dich entschieden zu gehen, also geh!«

Denn sie wollte nicht, dass er sah, wie sie weinte. So stolz war diese Blume …

10

Der kleine Prinz befand sich in der Gegend der Asteroiden 325, 326, 327, 328, 329 und 330. Also begann er damit, sie zu besuchen, um sich weiterzubilden und vielleicht eine Beschäftigung zu finden.

Auf dem ersten Asteroiden wohnte ein König. Er saß, ganz in Purpur und Hermelin gehüllt, auf einem einfachen, aber majestätischen Thron.

»Ach! Da kommt ein Untertan!«, rief der König, als er den kleinen Prinzen entdeckte.

Der kleine Prinz fragte sich: Wie kann er mich erkennen, wenn er mich noch nie gesehen hat? Er wusste nicht, dass die Welt für Könige sehr einfach ist: Für sie sind alle Menschen Untertanen.

»Komm näher, damit ich dich besser sehen kann«, sagte der König, der ganz stolz zu sein schien, endlich der König von jemandem zu sein.

Der kleine Prinz schaute sich um, wo er sich hinsetzen könnte, aber der ganze Planet war vom wunderbaren Hermelinmantel des Königs bedeckt. Also blieb er stehen. Und weil er müde war, musste er gähnen.

»Es ist gegen die gute Sitte, im Beisein eines Königs zu gähnen«, sagte der Herrscher. »Ich verbiete es dir.«

»Ich kann nichts dagegen tun«, antwortete der kleine Prinz beschämt. »Ich habe eine weite Reise hinter mir, und lange nicht geschlafen …«

»Also befehle ich dir zu gähnen«, sagte der König. »Ich habe seit Jahren niemanden mehr gähnen gesehen. Gähnen ist für mich ein seltenes Ereignis. Also! Gähne noch einmal. Das ist ein Befehl.«

»Das schüchtert mich ein … ich kann nicht mehr …«, sagte der kleine Prinz und errötete.

»Hm! Hm!«, antwortete der König. »Also ich … ich befehle dir, manchmal zu gähnen und manchmal …«

Er sprach hastig und schien gekränkt, weil er es für eine Selbstverständlichkeit hielt, dass man ihm gehorchte. Er ertrug keinen Ungehorsam, er war ein absoluter Herrscher. Aber da er zugleich sehr gütig war, gab er nur vernünftige Befehle.

»Wenn ich einem General befehlen würde, sich in einen Meeresvogel zu verwandeln«, sagte er, »und er mir nicht gehorchen würde, dann wäre es nicht sein Fehler, sondern meiner.«

»Darf ich mich setzen?«, frage der kleine Prinz scheu.

»Ich befehle dir, dich zu setzen«, antwortete der König und zog mit einer majestätischen Bewegung seinen Hermelinmantel etwas beiseite.

Der kleine Prinz wunderte sich. Der Planet war winzig. Worüber konnte der König herrschen?

»Ihre Majestät«, sagte er, »ich bitte um Verzeihung, Sie zu fragen …«

»Ich befehle dir, mich zu fragen«, beeilte sich der König zu sagen.

»Ihre Majestät … worüber herrschen Sie?«

»Über alles«, antwortete der König schlicht.

»Über alles?«

Mit einer bescheidenen Geste zeigte der König auf seinen Planeten, die anderen Planeten und die Sterne.

»Über all das?«, fragte der kleine Prinz.

»Über all das …«, sagte der König.

Denn er war nicht nur ein absoluter Herrscher, er war auch ein universeller Herrscher.

»Und die Sterne gehorchen Ihnen?«

»Natürlich«, sagte der König. »Sie gehorchen mir aufs Wort. Ich dulde keinen Ungehorsam.«

Der kleine Prinz staunte über eine so große Macht. Wenn er sie besessen hätte, dann hätte er nicht nur vierundvierzig, sondern zweiundsiebzig oder gar hundert oder zweihundert Sonnenuntergänge an einem Tag sehen können, ohne seinen Stuhl zu bewegen. Und weil die Erinnerung an seinen kleinen, verlassenen Planeten ihn ein bisschen traurig machte, bat er den König um eine Gnade:

»Ich möchte gerne einen Sonnenuntergang sehen … machen Sie mir die Freude … befehlen Sie der Sonne unterzugehen …«

»Wenn ich einem General befehle, von einer Blume zur anderen zu fliegen wie ein Schmetterling oder eine Tragödie zu schreiben oder sich in einen Meeresvogel zu verwandeln, und wenn der General den Befehl nicht ausführt, wer ist dann im Unrecht, er oder ich?«

»Sie wären es«, sagte der kleine Prinz mit fester Stimme.

»Genau. Man darf von jedem nur das verlangen, was er leisten kann«, fuhr der König fort. »Meine Macht beruht vor allem auf der Vernunft. Wenn du deinem Volk befiehlst, sich ins Meer zu werfen, werden sie eine Revolution machen. Ich habe das Recht, Gehorsam zu fordern, weil meine Befehle vernünftig sind.«

»Und mein Sonnenuntergang?«, fragte der kleine Prinz, der nie eine Frage vergaß, die er einmal gestellt hatte.

»Du wirst deinen Sonnenuntergang bekommen. Ich werde ihn befehlen. Aber in meiner wissenschaftlichen Art zu regieren, werde ich damit warten, bis die Bedingungen günstig sind.«

»Wann wird das sein?«, fragte der kleine Prinz.

»Hm! Hm!«, antwortete der König und schaute auf einen großen Kalender. »Hm! Das wird sein um … um … das wird heute Abend um sieben Uhr vierzig sein! Dann wirst du sehen, wie gut mir die Sterne gehorchen.«

Der kleine Prinz gähnte. Er grämte sich wegen dem verpassten Sonnenuntergang. Und außerdem langweilte er sich schon ein bisschen.

»Ich habe hier nichts mehr zu tun«, sagte er zum König. »Ich werde aufbrechen.«

»Geh nicht«, sagte der König, der so stolz war, endlich einen Untertan zu haben. »Geh nicht. Ich ernenne dich zum Minister!«

»Zum Minister wovon?«

»Zum Minister von … zum Justizminister!«

»Aber es gibt niemanden, über den ich richten könnte.«

»Man weiß es nicht«, sagte der König. »Ich habe mein Königreich noch nicht umrundet. Ich bin sehr alt, ich habe keinen Platz für eine Kutsche, und das Gehen strengt mich zu sehr an.«

»Oh! Aber ich habe schon alles gesehen«, sagte der kleine Prinz und beugte sich etwas nach vorn, um auf die andere Seite des Planeten zu schauen. »Dort drüben gibt es niemanden …«

»Also wirst du über dich selbst richten«, antwortete der König. »Das ist das Allerschwierigste. Es ist sehr viel schwieriger, über sich selbst zu richten als über jemand anderen. Wenn du es schaffst, bist du wahrhaft weise.«

»Über mich selbst kann ich überall richten«, sagte der kleine Prinz, »dazu muss ich nicht hier wohnen.«

»Hm! Hm!«, sagte der König, »ich bin ziemlich sicher, dass es irgendwo auf meinem Planeten eine alte Ratte gibt. Ich höre sie manchmal in der Nacht. Du könntest über diese alte Ratte richten. Du könntest sie von Zeit zu Zeit zum Tode verurteilen. Dann würde ihr Leben von deiner Gerechtigkeit abhängen. Aber du würdest sie jedesmal begnadigen, um sie dir zu erhalten. Es gibt nämlich nur eine Ratte.«

»Ich will niemanden zum Tode zu verurteilen«, sagte der kleine Prinz. »Ich glaube, ich werde jetzt gehen.«

»Nein«, sagte der König.

Der kleine Prinz hatte seine Abreise schon vorbereitet, aber er wollte den alten König nicht betrüben.

»Wenn Ihre Majestät wünscht, dass Ihr gewissenhaft gehorcht wird, könnte Sie mir einen vernünftigen Befehl erteilen. Sie könnte mir zum Beispiel befehlen, innerhalb der nächsten Minute abzureisen. Es scheint mir, dass die Bedingungen günstig sind …«

Da der König nichts sagte, zögerte der kleine Prinz erst, dann seufzte er und ging.

»Ich ernenne dich zu meinem Botschafter«, rief der König ihm schnell nach. Er wirkte sehr bestimmt.

Die Erwachsenen sind seltsam, sagte sich der kleine Prinz während seiner Weiterreise.

11

Der zweite Planet wurde von einem Eitlen bewohnt.

»Ah! Da kommt ein Bewunderer!«, rief der Eitle schon, als er den kleinen Prinzen von weitem sah. Denn für die Eitlen sind alle anderen Menschen Bewunderer.

»Guten Tag«, sagte der kleine Prinz. »Sie haben einen lustigen Hut.«

»Den brauche ich zum Grüßen«, antwortete der Eitle. »Um zu grüßen, wenn mir zugejubelt wird. Leider kommt hier nie jemand vorbei.«

»Ach so?«, sagte der kleine Prinz, der nichts verstand.

»Schlag deine Hände gegeneinander«, riet ihm der Eitle.

Der kleine Prinz schlug die Hände gegeneinander. Der Eitle grüßte bescheiden, indem er seinen Hut hob.

Das ist lustiger als der Besuch beim König, sagte sich der kleine Prinz. Und er klatschte noch einmal in die Hände. Der Eitle begann wieder seinen Hut zu heben und zu grüßen. Doch nach fünf Minuten begann dieses Spiel den kleinen Prinzen zu langweilen.

»Und damit der Hut runterfällt«, fragte er den Eitlen, »was muss man da machen?«

Aber der Eitle hörte ihn nicht. Die Eitlen hören immer nur das Lob der anderen.

»Bewunderst du mich wirklich sehr?«, fragte er den kleinen Prinzen.

»Was bedeutet ›bewundern‹?«

»›Bewundern‹ heißt, anerkennen, dass ich der schönste Mensch des Planeten bin, der am besten angezogene, der reichste und der intelligenteste.«

»Aber du bist allein auf deinem Planeten!«

»Tu mir den Gefallen. Bewundere mich trotzdem!«

»Ich bewundere dich«, sagte der kleine Prinz und zuckte mit den Schultern, »aber weshalb sollte dich das interessieren?«

Und er zog weiter. Die Erwachsenen sind sehr seltsam, sagte er sich während seiner Weiterreise.

12

Der nächste Planet wurde von einem Trinker bewohnt. Dieser Besuch dauerte nur kurz, aber er machte den kleinen Prinzen sehr traurig.

»Was machst du da?«, fragte er den Trinker, der stumm vor einigen leeren und einigen vollen Flaschen saß.

»Ich trinke«, antwortete der Trinker mit düsterer Miene.

»Warum trinkst du?«, fragte der kleine Prinz.

»Um zu vergessen«, antwortete der Trinker.

»Um was zu vergessen?«, erkundigte sich der kleine Prinz, dem der Mann schon leid tat.

»Um zu vergessen, dass ich mich schäme«, gestand der Trinker und senkte den Kopf.

»Und wofür schämst du dich?«, fragte der kleine Prinz, der ihn am liebsten geschüttelt hätte.

»Ich schäme mich, weil ich trinke!«, beendete der Trinker das Gespräch und versank nun ganz in Schweigen.

Ratlos zog der kleine Prinz weiter. Die Erwachsenen sind wirklich sehr seltsam, sagte er sich während seiner Weiterreise.

13

Der vierte Planet gehörte einem Geschäftsmann, der so beschäftigt war, dass er nicht einmal aufsah, als der kleine Prinz ankam.

»Guten Tag«, sagte dieser. »Ihre Zigarette ist ausgegangen.«

»Drei und zwei sind fünf. Fünf und sieben sind zwölf. Zwölf und drei fünfzehn. Guten Tag. Fünfzehn und sieben sind zweiundzwanzig. Zweiundzwanzig und sechs achtundzwanzig. Keine Zeit, sie wieder anzuzünden. Sechsundzwanzig und fünf sind einunddreißig. Uff! Also sind es fünfhunderteins Millionen sechshundertzweiundzwanzigtausendsiebenhunderteinunddreißig.«

»Fünfhundert Millionen was?«

»Wie? Du bist immer noch da? Fünfhunderteine Million … ich weiß es nicht mehr … ich habe so viel Arbeit. Ich bin ein ernsthafter Mensch, ich beschäftige mich nicht mit Albernheiten! Zwei und fünf sind sieben …«

»Fünfhundert Millionen was?«, wiederholte der kleine Prinz, der noch nie in seinem Leben eine Frage vergessen hatte, die er einmal gestellt hatte. Der Geschäftsmann hob den Kopf.

»Seit vierundfünfzig Jahren lebe ich auf diesem Planeten, und ich bin nur dreimal gestört worden. Das erste Mal vor zweiundzwanzig Jahren durch einen Maikäfer, der von wer weiß wo herunterfiel. Das erzeugte einen derartigen Lärm, dass ich vier Fehler in einer Rechnung machte. Das zweite Mal vor elf Jahren durch einen Rheumaanfall. Ich habe zu wenig Bewegung. Ich habe keine Zeit spazieren zu gehen. Ich bin ein ernsthafter Mensch. Das dritte Mal ... das ist jetzt! Ich sagte also fünfhunderteins Millionen ...«

»Millionen was?«, fragte der kleine Prinz.

Der Geschäftsmann begriff, dass sein Besucher keine Ruhe geben würde.

»Millionen von diesen kleinen Dingern, die man manchmal am Himmel sieht.«

»Mücken?«

»Nein. Diese kleinen Dinger, die leuchten.«

»Bienen?«

»Aber nein doch. Die kleinen goldenen Dinger, die die Faulpelze träumen lassen. Aber ich bin ein ernsthafter Mensch. Ich habe keine Zeit zum Träumen.«

»Ach so! Die Sterne?«

»Genau. Die Sterne.«

»Und was machst du mit fünfhunderteiner Million Sternen?«

»Fünfhunderteiner Millionen sechshundertzweiundzwanzigtausendsiebenhunderteinunddreißig. Ich bin ein ernsthafter Mensch. Ich lege Wert auf Genauigkeit.«

»Und was machst du mit diesen Sternen?«

»Was ich mit ihnen mache?«

»Ja.«

»Nichts. Ich besitze sie.«

»Du besitzt die Sterne?«

»Ja.«

»Aber ich habe schon einen König getroffen, der …«

»Die Könige besitzen nicht. Sie ›regieren über‹. Das ist etwas ganz anderes.«

»Und was nützt es dir, die Sterne zu besitzen?«

»Es macht mich reich.«

»Und was nützt es dir, reich zu sein?«

»Es hilft mir, andere Sterne zu kaufen, wenn jemand welche findet.«

Der hier redet ein bisschen wie mein Trinker, sagte sich der kleine Prinz. Aber er fuhr mit seinen Fragen fort:

»Wie kann man die Sterne besitzen?«

»Wem gehören sie?«, fragte der Geschäftsmann mürrisch.

»Ich weiß nicht. Niemandem.«

»Also gehören sie mir, weil ich als Erster daran gedacht habe.«

»Das reicht?«

»Natürlich. Wenn du einen Diamanten findest, der niemandem gehört, gehört er dir. Wenn du eine Insel entdeckst, die niemandem gehört, gehört sie dir. Wenn du als Erster eine Idee hast, lässt du sie patentieren, dann gehört sie dir. Und mir gehören die Sterne, weil niemand vor mir daran gedacht hat, sie zu besitzen.«

»Das ist wahr«, sagte der kleine Prinz. »Und was machst du mit ihnen?«

»Ich verwalte sie. Ich zähle sie und zähle sie noch einmal«, sagte der Geschäftsmann. »Es ist schwierig. Aber ich bin ein gewissenhafter Mensch!«

Der kleine Prinz war noch nicht befriedigt.

»Ich besitze ein Halstuch, ich kann es mir um den Hals binden und es mitnehmen. Wenn ich eine Blume besitze, kann ich sie pflücken und sie mitnehmen. Aber du kannst die Sterne nicht pflücken!«

»Nein, aber ich kann sie auf die Bank bringen.«

»Was heißt das?«

»Das heißt, dass ich die Anzahl meiner Sterne auf ein kleines Stück Papier schreibe, und dann schließe ich dieses Papier in einer Schublade ein.«

»Das ist alles?«

»Das reicht!«

Das ist lustig, dachte der kleine Prinz. Das ist sogar ziemlich poetisch. Aber es ist nicht sehr ernsthaft. Der kleine Prinz hatte ganz andere Vorstellungen davon, was ernsthaft war, als die Erwachsenen.

»Ich besitze eine Blume, die ich jeden Tag gieße«, sagte er. »Ich besitze drei Vulkane, die ich jede Woche fege. Denn ich fege auch den erloschenen Vulkan.

Man weiß nie. Es nützt meinen Vulkanen und es nützt meiner Blume, dass ich sie besitze. Aber du nützt den Sternen nichts …«

Der Geschäftsmann öffnete den Mund, aber er wusste nichts zu antworten, und der kleine Prinz zog weiter. Die Erwachsenen sind wirklich absolut seltsam, sagte er sich während seiner Weiterreise.

14

Der fünfte Planet war noch seltsamer. Er war der kleinste von allen. Es gab gerade genug Platz für eine Straßenlaterne und einen Laternenanzünder. Der kleine Prinz konnte sich nicht erklären, wozu irgendwo im Himmel eine Laterne und ein Laternenanzünder gut sein sollten, auf einem Planeten ohne Häuser und ohne Bewohner. Doch er sagte sich: Es mag sein, dass dieser Mann absurd ist. Aber er ist weniger absurd als der König, als der Eitle, als der Geschäftsmann und der Trinker. Wenigstens hat seine Arbeit einen Sinn. Wenn er seine Laterne anzündet, ist es, als würde ein neuer Stern geboren oder eine Blume. Wenn er seine Laterne löscht, schläft der Stern oder die Blume ein. Das ist eine sehr nette Beschäftigung. Es ist wirklich nützlich, und es ist hübsch.

Während er sich dem Planeten näherte, grüßte er den Anzünder respektvoll:

»Guten Tag. Warum hast du deine Laterne gelöscht?«

»Das ist Vorschrift«, antwortete der Anzünder. »Guten Morgen.«

»Was ist Vorschrift?«

»Die Laterne zu löschen. Guten Abend.«

Und er zündete die Laterne wieder an.

»Aber warum hast du sie wieder angezündet?«

»Das ist Vorschrift«, sagte der Anzünder.

»Das verstehe ich nicht«, sagte der kleine Prinz.

»Es gibt nichts zu verstehen. Die Vorschrift ist die Vorschrift. Guten Morgen.«

Er löschte die Laterne. Dann wischte er sich die Stirn mit einem rotkarierten Taschentuch ab.

»Ich habe einen schrecklichen Beruf. Früher war es erträglich. Ich löschte die Laterne am Morgen und zündete sie am Abend wieder an. Den Rest des Tages konnte ich mich ausruhen und den Rest der Nacht schlafen …«

»Und seit damals haben sich die Vorschriften geändert?«

»Die Vorschriften haben sich nicht geändert«, sagte der Anzünder. »Das ist ja das Drama! Von Jahr zu Jahr dreht sich der Planet schneller und schneller, aber die Vorschriften haben sich nicht geändert!«

»Also?«, sagte der kleine Prinz.

»Jetzt, wo er sich einmal in der Minute dreht, habe ich keine Sekunde mehr, um mich auszuruhen. Jede Minute zünde ich die Laterne an und lösche sie wieder!«

»Das ist lustig! Deine Tage dauern nur eine Minute!«

»Das ist überhaupt nicht lustig«, sagte der Anzünder. »Wir reden schon seit einem Monat miteinander.«

»Seit einem Monat?«

»Ja. Dreißig Minuten. Dreißig Tage! Guten Abend.«

Er zündete die Laterne wieder an.

Der kleine Prinz schaute den Anzünder an und liebte ihn dafür, dass er seine Pflicht so treu erfüllte. Er erinnerte sich an die Sonnenuntergänge, die er früher betrachtet hatte, indem er seinen Stuhl ein wenig weiterrückte. Er wollte seinem Freund helfen:

»Weißt du … ich kenne einen Weg, wie du dich ausruhen kannst, wann immer du willst …«

»Ich will immer«, sagte der Anzünder. Denn man kann zugleich pflichtbewusst und faul sein. Der kleine Prinz fuhr fort:

»Dein Planet ist so klein, dass du ihn mit drei Schritten umrunden kannst. Du musst nur langsam vorwärts gehen, um immer in der Sonne zu sein. Wenn du dich ausruhen möchtest, gehst du, und der Tag dauert so lange du willst.«

»Das hilft mir nicht viel weiter«, sagte der Anzünder. »Was ich am meisten liebe im Leben ist schlafen.«

»Das ist Pech«, sagte der kleine Prinz.

»Das ist Pech«, sagte der Anzünder. »Guten Morgen.«

Und er löschte die Laterne.

Dieser Laternenanzünder würde von allen anderen verachtet, dachte der kleine Prinz, während er seine Reise fortsetzte, vom König, vom Eitlen, vom Trinker und vom Geschäftsmann. Dabei ist er der Einzige, der mir nicht lächerlich vorkommt. Vielleicht weil er sich mit etwas anderem beschäftigt als mit sich selbst.

Er seufzte vor Bedauern und sagte sich: Das ist der Einzige, der mein Freund hätte werden können. Aber sein Planet ist wirklich zu klein. Es gibt nicht genug Platz für zwei.

Er mochte sich nicht eingestehen, dass er diesen Planeten, kaum war er aufgebrochen, schon vermisste, vor allem wegen der tausendvierhundertvierzig Sonnenuntergänge in vierundzwanzig Stunden!

15

Der sechste Planet war zehnmal größer als der fünfte. Er wurde von einem alten Herrn bewohnt, der in ein riesiges Buch schrieb.

»Schau an! Ein Forscher!«, rief er, als er den kleinen Prinzen entdeckte.

Der kleine Prinz setzte sich auf den Tisch um zu verschnaufen. Er war schon so weit gereist!

»Woher kommst du?«, fragte der alte Herr.

»Was ist das für ein großes Buch?«, fragte der kleine Prinz. »Was schreiben Sie da?«

»Ich bin Geograph«, sagte der alte Herr.

»Was ist ein Geograph?«

»Das ist ein Gelehrter, der weiß, wo die Meere sind, die Flüsse, die Städte, die Berge und die Wüsten.«

»Das ist aber interessant«, sagte der kleine Prinz. »Das ist endlich ein richtiger Beruf!«

Er schaute sich auf dem Planeten des Geographen um. Er hatte noch nie einen so majestätischen Planeten gesehen.

»Ihr Planet ist sehr schön. Gibt es hier Ozeane?«

»Ich weiß es nicht«, sagte der Geograph.

»Ach!« Der kleine Prinz war enttäuscht. »Und Berge?«

»Ich weiß es nicht«, sagte der Geograph.

»Und Städte und Flüsse und Wüsten?«

»Das weiß ich auch nicht«, sagte der Geograph.

»Aber Sie sind doch ein Geograph!«

»Das ist wahr«, sagte der Geograph, »aber ich bin kein Forscher. Es fehlt mir an Forschern. Der Geograph geht nicht hinaus, um die Städte, die Flüsse, die Berge, die Meere und die Wüsten zu zählen. Der Geograph ist zu wichtig, um spazieren zu gehen. Er verlässt sein Büro nicht. Aber er empfängt dort die Forscher. Er befragt sie und notiert ihre Erinnerungen. Und wenn die Erinnerungen eines Forschers ihm interessant zu sein scheinen, lässt er seine Zuverlässigkeit überprüfen.«

»Warum das?«

»Weil ein Forscher, der lügt, in den Geographiebüchern eine Katastrophe auslösen könnte. Auch ein Forscher, der zu viel trinkt.«

»Warum das?«, fragte der kleine Prinz.

»Weil die Betrunkenen alles doppelt sehen. Also würde der Geograph zwei Berge verzeichnen, wo es in Wirklichkeit nur einen gibt.«

»Ich kenne jemand«, sagte der kleine Prinz, »der ein sehr schlechter Forscher wäre.«

»Das ist gut möglich. Wenn der Forscher also zuverlässig zu sein scheint, lässt man seine Entdeckungen überprüfen.«

»Man geht hin, um sie sich anzuschauen?«

»Nein. Das ist zu kompliziert. Aber man verlangt vom Forscher, dass er Beweise liefert. Wenn es sich beispielsweise um die Entdeckung eines großen Berges handelt, dann verlangt man von ihm, dass er von dort große Steine zurückbringt.«

Der Geograph war plötzlich zu Tränen gerührt.

»Du kommst von weither! Du bist ein Forscher! Du wirst mir deinen Planeten beschreiben!«

Er öffnete sein Verzeichnis und spitzte den Bleistift.

»Zuerst schreibe ich den Bericht des Forschers mit Bleistift auf. Man wartet auf die Beweise, bevor man den Bericht mit Tinte schreibt. Also?«

»Oh, bei mir ist es nicht sehr interessant«, sagte der kleine Prinz. »Mein Planet ist ganz klein. Ich habe drei Vulkane, zwei aktive und einen erloschenen. Aber man weiß nie.«

»Man weiß nie«, sagte der Geograph.

»Ich habe auch eine Blume.«

»Die Blume schreiben wir nicht auf«, sagte der Geograph.

»Warum denn? Sie ist das Schönste auf meinem Planeten!«

»Weil Blumen vergänglich sind.«

»Was bedeutet ›vergänglich‹?«

»Atlanten sind die zuverlässigsten Bücher überhaupt. Sie sind nie überholt. Es ist sehr selten, dass ein Berg seinen Ort verändert. Es ist sehr selten, dass ein Ozean sich leert. Wir schreiben ewige Dinge auf.«

»Aber erloschene Vulkane können wieder ausbrechen«, unterbrach ihn der kleine Prinz. »Was bedeutet ›vergänglich‹?«

»Ob ein Vulkan aktiv ist oder erloschen macht für uns keinen Unterschied«, sagte der Geograph. »Was für uns zählt, ist der Berg. Der verändert sich nicht.«

»Aber was bedeutet ›vergänglich‹?«, wiederholte

der kleine Prinz, der nie eine Frage vergaß, die er einmal gestellt hatte.

»Das bedeutet, ›etwas ist vom baldigen Verschwinden bedroht‹.«

»Meine Blume ist vom baldigen Verschwinden bedroht?«

»Natürlich.«

Meine Blume ist vergänglich, sagte sich der kleine Prinz, und sie hat nur vier Dornen, um sich gegen die

Welt zu verteidigen! Und ich habe sie ganz alleine zurückgelassen! Es war das erste Mal, dass er seine Abreise bereute. Aber er fasste schnell wieder Mut.

»Welchen Planeten raten Sie mir zu besuchen?«, fragte er.

»Die Erde«, antwortete der Geograph. »Sie hat einen guten Ruf.«

Und der kleine Prinz machte sich auf den Weg, während er noch immer an seine Blume dachte.

16

Der siebte Planet war also die Erde. Die Erde ist nicht irgendein Planet. Es gibt auf ihr hundertelf Könige (wobei wir die afrikanischen Stammesführer nicht vergessen dürfen), siebentausend Geographen, neunhunderttausend Geschäftsleute, siebeneinhalb Millionen Trinker, dreihundertelf Millionen Eitle, also ungefähr zwei Milliarden Erwachsene.

Um euch eine Vorstellung von der Größe der Erde zu geben, will ich euch verraten, dass es auf den sechs Kontinenten vor der Erfindung der Elektrizität eine Armee von vierhundertzweiundsechzigtausendfünfhundertelf Laternenanzündern brauchte. Aus einiger Distanz sah das prachtvoll aus. Die Bewegungen dieser Armee waren geregelt wie jene von Balletttänzern in der Oper. Zuerst waren die Laternenanzünder in Neuseeland und Australien an der Reihe. Nachdem sie ihre Arbeit gemacht hatten, legten sie sich schlafen, und es folgte der Tanz der Laternenanzünder in China und Sibirien, bis auch sie in den Kulissen verschwanden. Danach waren die Anzünder aus Russland und Indien an der Reihe. Dann jene aus Afrika und Europa, jene aus Südamerika und schließlich die nordamerikanischen. Und niemals brachten sie die Reihenfolge durcheinander, in der sie die Bühne betraten. Es war grandios.

Nur der Anzünder der einzigen Laterne am Nordpol und sein Kollege der einzigen am Südpol führten ein Leben des Müßiggangs und der Gemächlichkeit. Sie arbeiteten nur zweimal im Jahr.

17

Wenn man geistreich erscheinen will, kommt es vor, dass man ein wenig schwindelt. Ich war nicht ganz ehrlich, als ich euch von den Laternenanzündern erzählte. Ich riskiere, jenen, die die Erde nicht kennen, ein falsches Bild von ihr zu vermitteln. Tatsächlich nehmen die Menschen auf der Erde nur sehr wenig Platz ein. Wenn ihre zwei Milliarden Bewohner nahe zusammenstünden wie bei einer Versammlung, würden sie leicht auf einen freien Platz passen, der zwanzig Meilen lang und zwanzig Meilen breit wäre. Man könnte so die gesamte Menschheit auf der kleinsten Pazifikinsel unterbringen.

Die Erwachsenen werden euch das natürlich nicht glauben. Sie glauben, sehr viel Platz einzunehmen. Sie glauben, wichtig zu sein wie die Baobabs. Ratet ihnen also, selbst die Rechnung zu machen. Sie lieben ja Zahlen, das wird ihnen gefallen. Aber verliert keine Zeit mit dieser Aufgabe. Es ist unnötig. Ihr vertraut mir doch.

Als der kleine Prinz auf die Erde kam, war er sehr erstaunt, keinen Menschen zu sehen. Er hatte schon Angst, sich im Planeten geirrt zu haben, als er im Sand einen Ring in der Farbe des Mondes sah, der sich bewegte.

»Guten Abend«, sagte der kleine Prinz aufs Geratewohl.

»Guten Abend«, sagte die Schlange.

»Auf welchen Planeten bin ich gefallen?«, fragte der kleine Prinz.

»Auf die Erde. In Afrika«, antwortete die Schlange.

»Ach so! Also lebt niemand auf der Erde?«

»Das hier ist die Wüste. Niemand lebt in den Wüsten. Die Erde ist groß«, sagte die Schlange.

Der kleine Prinz setzte sich auf einen Stein und hob die Augen zum Himmel.

»Ich frage mich, ob die Sterne leuchten, damit jeder eines Tages seinen wiederfinden kann. Schau, mein Planet. Er ist direkt über uns … aber wie weit entfernt er ist!«

»Er ist schön«, sagte die Schlange. »Warum bist du hier?«

»Ich habe Schwierigkeiten mit einer Blume«, sagte der kleine Prinz.

»Ach so«, sagte die Schlange.

Sie schwiegen.

»Wo sind die Menschen?«, nahm der kleine Prinz das Gespräch endlich wieder auf. »Ich fühle mich ein bisschen einsam in der Wüste …«

»Man kann auch unter Menschen einsam sein«, sagte die Schlange.

Der kleine Prinz schaute sie lange an.

»Du bist ein lustiges Tier«, sagte er endlich, »dünn wie ein Finger …«

»Aber ich bin mächtiger als der Finger eines Königs«, sagte die Schlange.

Der kleine Prinz lächelte.

»Du kannst nicht sehr mächtig sein … du hast ja nicht einmal Beine … du kannst ja nicht einmal gehen …«

»Ich kann dich weiter wegbringen als ein Ozeandampfer«, sagte die Schlange.

Sie wickelte sich um das Handgelenk des kleinen Prinzen wie ein goldener Armreif.

»Wen ich berühre, der kehrt zur Erde zurück, aus der er gekommen ist«, sagte sie. »Aber du bist rein, und du kommst von einem Stern …«

Der kleine Prinz antwortete nicht.

»Du tust mir leid, so schwach auf dieser harten Erde. Ich kann dir eines Tages helfen, wenn du deinen Planeten zu sehr vermisst. Ich kann …«

»Oh! Ich habe sehr gut verstanden«, sagte der kleine Prinz. »Warum sprichst du in Rätseln?«

»Ich bin die Lösung aller Rätsel«, sagte die Schlange.

Dann schwiegen sie.

18

Der kleine Prinz ging durch die Wüste und traf eine Blume. Eine Blume mit drei Blütenblättern, nichts Besonderes.

»Guten Tag«, sagte der kleine Prinz.

»Guten Tag«, sagte die Blume.

»Wo sind die Menschen?«, fragte der kleine Prinz höflich.

Die Blume hatte irgendwann eine Karawane vorbeiziehen sehen.

»Menschen? Es gibt sie, glaube ich, es sind sechs oder sieben. Ich habe sie gesehen, vor vielen Jahren. Man weiß nie, wo man sie findet. Der Wind treibt sie herum. Sie haben keine Wurzeln, das behindert sie sehr.«

»Adieu«, sagte der kleine Prinz.

»Adieu«, sagte die Blume.

19

Der kleine Prinz stieg auf einen hohen Berg. Die einzigen Berge, die er kannte, waren seine drei Vulkane, die ihm bis zu den Knien reichten. Den erloschenen Vulkan benutzte er als Schemel. Von einem so hohen Berg wie diesem hier, sagte er sich, werde ich den ganzen Planeten sehen und alle Menschen. Aber als er oben war, sah er nichts als scharfe Felszacken.

»Guten Tag«, rief er auf gut Glück.

»Guten Tag … Guten Tag … Guten Tag …«, antwortete das Echo.

»Wer sind Sie?«, rief der kleine Prinz.

»Wer sind Sie? … Wer sind Sie? … Wer sind Sie? …«, antwortete das Echo.

»Seien Sie meine Freunde, ich bin allein«, rief er.

»Ich bin allein … Ich bin allein … Ich bin allein …«, antwortete das Echo.

Was für ein seltsamer Planet, dachte der kleine Prinz. Er ist ganz trocken und ganz gezackt und ganz salzig. Und die Menschen haben keine Phantasie. Sie wieder-

holen nur, was man ihnen sagt … Bei mir gab es eine Blume, die immer als Erste sprach …

20

Nachdem der kleine Prinz lange durch Sand, Felsen und Schnee gegangen war, entdeckte er endlich einen Weg. Und Wege führen immer zu Menschen.

»Guten Tag«, sagte er.

Er war in einen Rosengarten gelangt.

»Guten Tag«, sagten die Rosen.

Der kleine Prinz betrachtete sie. Sie glichen alle seiner Blume.

»Wer seid ihr?«, fragte er verblüfft.

»Wir sind Rosen«, sagten die Rosen.

»Ach so!«, sagte der kleine Prinz.

Er wurde sehr traurig. Seine Blume hatte ihm erzählt, sie sei die einzige ihrer Art im ganzen Universum. Und hier gab es in einem einzigen Garten wohl fünftausend Blumen, die ihr alle glichen!

Sie wäre sehr ärgerlich, wenn sie das sähe, sagte er sich, sie würde ganz furchtbar husten und tun, als sterbe sie, nur um der peinlichen Situation zu entkommen. Und ich müsste so tun, als pflegte ich sie, weil sie sonst womöglich tatsächlich sterben würde, nur um mich zu beschämen.

Außerdem sagte er sich: Ich fühlte mich reich mit meiner einzigartigen Blume, dabei besitze ich nur eine ganz gewöhnliche Rose. Eine Rose und meine drei Vulkane, die mir bis zum Knie gehen und von denen einer vielleicht für immer erloschen ist. Das macht mich nicht gerade zu einem besonders mächtigen Prinzen …

Er legte sich ins Gras und begann zu weinen.

21

Da tauchte der Fuchs auf.

»Guten Tag«, sagte der Fuchs.

»Guten Tag«, antwortete der kleine Prinz höflich. Er drehte sich um, aber er sah niemanden.

»Hier bin ich«, sagte die Stimme, »unter dem Apfelbaum …«

»Wer bist du?«, fragte der kleine Prinz. »Du bist sehr hübsch …«

»Ich bin ein Fuchs«, sagte der Fuchs.

»Komm und spiel mit mir«, schlug der kleine Prinz ihm vor. »Ich bin so traurig …«

»Ich kann nicht mit dir spielen«, sagte der Fuchs. »Ich bin nicht gezähmt.«

»Oh! Verzeih«, sagte der kleine Prinz, und nachdem er kurz nachgedacht hatte: »Was bedeutet ›gezähmt‹?«

»Du bist nicht von hier«, sagte der Fuchs. »Was suchst du?«

»Ich suche die Menschen«, sagte der kleine Prinz. »Was bedeutet ›gezähmt‹?«

»Die Menschen haben Gewehre, und sie gehen auf die Jagd«, sagte der Fuchs. »Das ist ziemlich unangenehm! Sie züchten auch Hühner. Das ist alles, was sie interessiert. Suchst du Hühner?«

»Nein«, sagte der kleine Prinz. »Ich suche Freunde. Was bedeutet ›gezähmt‹?«

»Das ist eine Sache, die in Vergessenheit geraten ist«, sagte der Fuchs. »Es bedeutet ›eine Bindung eingehen‹.«

»Eine Bindung eingehen?«

»Natürlich«, sagte der Fuchs. »Noch bist du für mich nur ein kleiner Junge wie hunderttausend andere kleine Jungen. Ich brauche dich nicht, und du brauchst mich nicht. Ich bin für dich nur ein Fuchs wie hunderttausend andere. Aber wenn du mich zähmst, werden

wir einander brauchen. Dann wirst du für mich einzigartig sein auf der Welt. Und ich werde für dich einzigartig sein …«

»Ich glaube, ich verstehe«, sagte der kleine Prinz. »Es gibt eine Blume … ich denke, sie hat mich gezähmt …«

»Das kann gut sein«, sagte der Fuchs. »Es gibt auf der Erde alle möglichen Dinge …«

»Oh, das war nicht auf der Erde«, sagte der kleine Prinz.

Der Fuchs schien sehr erstaunt.

»Auf einem anderen Planeten?«

»Ja.«

»Gibt es Jäger auf diesem Planeten?«

»Nein.«

»Das klingt interessant. Und Hühner?«

»Nein.«

»Nichts ist perfekt«, seufzte der Fuchs. Aber er kam auf seine Idee zurück: »Mein Leben ist langweilig. Ich jage die Hühner, die Menschen jagen mich. Alle Hühner gleichen sich, und alle Menschen gleichen sich. Ich langweile mich also ein bisschen. Wenn du mich zähmen würdest, würde das mein Leben schöner machen. Dann würde das Geräusch deiner Schritte anders klingen als jenes aller anderen Schritte. Die anderen Schritte bringen mich dazu, mich unter der Erde zu verstecken. Deine würden mich aus dem Bau locken wie Musik. Und dann – schau! –, siehst du dort unten die Weizenfelder? Ich esse kein Brot. Weizen ist für mich unbrauchbar. Die Weizenfelder erinnern mich an nichts. Das ist traurig! Aber du hast goldenes Haar. Also wäre es wunderbar, wenn du mich gezähmt hättest. Dann würde mich das goldene Korn an dich erinnern. Und ich würde den Klang des Windes in den Weizenfeldern lieben …«

Der Fuchs schwieg und schaute den kleinen Prinzen lange an.

»Bitte … zähme mich!«, sagte er.

»Das würde ich gern«, sagte der kleine Prinz, »aber ich habe nicht viel Zeit. Ich muss Freunde finden und viele Dinge kennenlernen.«

»Man kennt nur, was man zähmt«, sagte der Fuchs. »Die Menschen haben keine Zeit mehr, um irgendetwas kennenzulernen. Sie kaufen sich fertige Dinge in den Geschäften. Aber da es keine Geschäfte für Freunde gibt, haben die Menschen keine Freunde mehr. Wenn du einen Freund willst, zähme mich!«

»Wie soll ich das anstellen?«, fragte der kleine Prinz.

»Du musst geduldig sein«, antwortete der Fuchs. »Erst setzt du dich in einiger Entfernung von mir ins Gras. Ich werde dich aus den Augenwinkeln betrachten, und du wirst nichts sagen. Die Sprache ist eine Quelle von Missverständnissen. Aber jeden Tag kannst du dich ein bisschen näher von mir hinsetzen …«

Am nächsten Tag kam der kleine Prinz zurück.

»Es wäre besser gewesen, zur selben Stunde zu kommen«, sagte der Fuchs. »Wenn du zum Beispiel um vier Uhr nachmittags kommst, werde ich schon um drei Uhr beginnen, mich darauf zu freuen. Je näher die Stunde rückt, desto glücklicher werde ich mich fühlen. Um vier Uhr werde ich unruhig werden und ungeduldig; ich werde den Preis des Glücks kennenlernen! Aber wenn du irgendwann kommst, werde ich nie wissen,

um welche Zeit mein Herz bereit sein soll für dich … man braucht Rituale.«

»Was ist ein Ritual?«, fragte der kleine Prinz.

»Das ist auch in Vergessenheit geraten«, sagte der Fuchs. »Es ist das, was einen Tag vom anderen unterscheidet, eine Stunde von der nächsten. Meine Jäger zum Beispiel haben ein Ritual. Am Donnerstag tanzen sie mit den Mädchen des Dorfes. Also ist der Donnerstag ein wunderbarer Tag! Ich kann dann bis zum Weinberg spazieren. Wenn die Jäger irgendwann tanzen würden, wären alle Tage für mich gleich, und ich wäre nie frei.«

So zähmte der kleine Prinz den Fuchs. Als die Stunde des Abschieds nahte, sagte der Fuchs:

»Ach! Ich werde weinen.«

»Das ist deine Schuld«, sagte der kleine Prinz. »Ich habe dir nichts Böses gewünscht, aber du wolltest, dass ich dich zähme …«

»Ja«, sagte der Fuchs.

»Aber du wirst weinen!«, sagte der kleine Prinz.

»Natürlich«, sagte der Fuchs.

»Also hast du nichts davon!«

»Natürlich habe ich etwas davon«, sagte der Fuchs, »wegen der Farbe des Korns.«

Und er fügte hinzu:

»Geh und schau dir die Rosen noch einmal an. Du wirst jetzt verstehen, dass deine Rose einzigartig ist. Dann kommst du wieder zu mir, um Adieu zu sagen, und ich werde dir als Geschenk ein Geheimnis verraten.«

Der kleine Prinz ging in den Garten, um die Rosen zu betrachten.

»Ihr gleicht meiner Rose überhaupt nicht, ihr seid gar nichts«, sagte er zu ihnen. »Niemand hat euch gezähmt, und ihr habt niemanden gezähmt. Ihr seid, was mein Fuchs gewesen ist. Er war nur ein Fuchs wie hunderttausend andere. Aber ich habe ihn zu meinem Freund gemacht, und jetzt ist er für mich einzigartig auf der ganzen Welt.«

Die Rosen wurden sehr verlegen.

»Ihr seid schön, aber ihr seid ohne Bedeutung«, sagte er zu ihnen. »Niemand würde für euch sterben. Natürlich würde ein gewöhnlicher Beobachter denken, dass meine Rose euch gleicht. Aber sie allein ist wichtiger als ihr alle. Weil ich sie gegossen habe. Weil ich sie mit einer Glasglocke zugedeckt habe. Weil ich sie mit einem Windschirm geschützt habe. Weil ich für sie die Raupen getötet habe (außer zwei oder drei wegen der Schmetterlinge). Weil ich ihr zugehört habe, wenn sie sich beklagte, wenn sie sich pries, manchmal sogar wenn sie schwieg. Weil sie meine Rose ist.«

Und er ging zurück zum Fuchs.

»Adieu«, sagte er.

»Adieu«, sagte der Fuchs. »Und das ist mein Geheimnis. Es ist sehr einfach: Man sieht nur mit dem Herzen gut. Das Wichtigste ist für die Augen unsichtbar.«

»Das Wichtigste ist für die Augen unsichtbar«, wiederholte der kleine Prinz, um sich später daran zu erinnern.

»Nur die Zeit, die du für deine Rose verloren hast, macht sie so wichtig.«

»Nur die Zeit, die ich für meine Rose verloren habe …«, wiederholte der kleine Prinz, um sich daran zu erinnern.

»Die Menschen haben diese Wahrheit vergessen«, sagte der Fuchs. »Aber du darfst sie nicht vergessen. Du bist für alle Zeiten verantwortlich für das, was du gezähmt hast. Du bist verantwortlich für deine Rose.«

»Ich bin verantwortlich für meine Rose«, wiederholte der kleine Prinz, damit er es nie vergessen würde.

22

»Guten Tag«, sagte der kleine Prinz.

»Guten Tag«, sagte der Weichenwärter.

»Was tust du hier?«, fragte der kleine Prinz.

»Ich sortiere die Reisenden«, sagte der Weichenwärter. »Ich schicke die Züge, in denen sie zu Tausenden sitzen, einmal nach rechts und einmal nach links.«

Ein hellerleuchteter Schnellzug, der vorbeidonnerte, ließ das Stellwerk erzittern.

»Die Reisenden haben es sehr eilig«, sagte der kleine Prinz. »Wonach suchen sie?«

»Nicht einmal der Lokführer weiß es«, sagte der Weichenwärter.

Aus der Gegenrichtung donnerte ein zweiter hellerleuchteter Zug vorbei.

»Kommen sie schon zurück?«, fragte der kleine Prinz.

»Das sind nicht dieselben«, sagte der Weichenwärter. »Sie werden ausgetauscht.«

»Waren sie nicht zufrieden, da wo sie waren?«

»Man ist nie zufrieden, da wo man ist«, sagte der Weichenwärter.

Ein dritter Schnellzug donnerte vorbei.

»Verfolgen sie die ersten Reisenden?«, fragte der kleine Prinz.

»Sie verfolgen gar nichts«, sagte der Weichenwärter. »Sie schlafen im Zug oder wenigstens gähnen sie. Nur die Kinder drücken sich die Nasen an den Fenstern platt.«

»Nur die Kinder wissen, was sie suchen«, sagte der kleine Prinz. »Sie verbringen ihre ganze Zeit mit einer Flickenpuppe, und dadurch wird sie ihnen wichtig. Und wenn man ihnen die Puppe wegnimmt, weinen sie …«

»Sie haben Glück«, sagte der Weichenwärter.

23

»Guten Tag«, sagte der kleine Prinz.

»Guten Tag«, sagte der Händler.

Er verkaufte Pillen gegen den Durst. Wenn man jede Woche eine davon schluckte, hatte man nie mehr das Bedürfnis zu trinken.

»Warum verkaufst du diese Pillen?«, fragte der kleine Prinz.

»Weil man mit ihnen sehr viel Zeit sparen kann«, sagte der Händler. »Die Fachleute haben es berechnet. Man spart dreiundfünfzig Minuten pro Woche.«

»Und was macht man mit diesen dreiundfünfzig Minuten?«

»Man macht damit, was man will …«

Wenn ich dreiundfünfzig Minuten übrig hätte, sagte sich der kleine Prinz, dann würde ich ganz langsam zu einem Brunnen gehen …

24

Es war der achte Tag nach meiner Panne in der Wüste, und während ich die Geschichte vom Pillenhändler hörte, trank ich den letzten Tropfen meiner Wasservorräte.

»Ach!«, sagte ich zum kleinen Prinzen, »deine Erinnerungen sind gewiss schön, aber ich habe mein Flugzeug immer noch nicht repariert. Ich habe nichts mehr zu trinken, und ich wäre froh, wenn auch ich ganz langsam zu einem Brunnen gehen könnte!«

»Mein Freund, der Fuchs …«, sagte er.

»Mein kleiner Mann, es geht nicht mehr um den Fuchs!«

»Warum?«

»Weil wir verdursten werden …«

Er verstand nicht, was ich meinte. Er sagte:

»Es ist gut, einen Freund zu haben, selbst wenn man stirbt. Ich bin sehr glücklich, den Fuchs als Freund zu haben …«

Er kann die Gefahr nicht einschätzen, sagte ich mir.

Er hat nie Hunger oder Durst. Ein wenig Sonnenschein genügt ihm. Der kleine Prinz schaute mich an und beantwortete meinen Gedanken:

»Auch ich habe Durst … suchen wir einen Brunnen …«

Matt winkte ich ab. Es ist absurd, mitten in der Unendlichkeit der Wüste auf gut Glück einen Brunnen zu suchen. Dennoch machten wir uns auf den Weg. Nachdem wir stundenlang schweigend gewandert waren, wurde es Nacht, und die Sterne begannen zu leuchten. Da ich durch meinen Durst ein wenig fiebrig war, sah ich sie wie in einem Traum. Die Worte des kleinen Prinzen tanzten in meinem Kopf herum.

»Du hast also auch Durst?«, fragte ich ihn.

Er antwortete nicht. Er sagte nur:

»Wasser ist auch gut für das Herz …«

Ich verstand nicht, was er damit meinte, aber ich schwieg. Ich wusste inzwischen, dass man ihn nicht unterbrechen durfte. Er war müde. Er setzte sich. Ich setzte mich neben ihn. Und nachdem er eine Weile geschwiegen hatte, sagte er:

»Die Sterne sind schön wegen einer Blume, die man nicht sieht …«

»Gewiss«, sagte ich und betrachtete schweigend die Sanddünen im Mondlicht.

»Die Wüste ist schön«, fügte er hinzu.

Und es ist wahr. Ich habe die Wüste immer geliebt. Man setzt sich auf eine Düne. Man sieht nichts. Man hört nichts. Und dennoch strahlt etwas in der Stille.

»Es macht die Wüste noch schöner«, sagte der kleine Prinz, »dass sie irgendwo einen Brunnen verbirgt.«

Ich war überrascht, plötzlich das geheimnisvolle Strahlen des Sandes zu verstehen. Als ich ein kleiner Junge war, wohnte ich in einem alten Haus, und die Legende besagte, dass dort ein Schatz vergraben sei. Natürlich entdeckte nie jemand diesen Schatz, vermutlich suchte ihn auch niemand. Aber er verzauberte das ganze Haus. Mein Haus verbarg im Grunde seines Herzens ein Geheimnis.

»Ja«, sagte ich zum kleinen Prinzen. »Ob es um Häuser, Sterne oder um die Wüste geht: was sie schön macht, ist unsichtbar!«

»Ich bin froh«, sagte er, »dass du einer Meinung bist mit meinem Fuchs.«

Nachdem der kleine Prinz eingeschlafen war, nahm ich ihn auf die Arme und ging weiter. Ich war gerührt. Es war mir, als trage ich einen empfindlichen Schatz, als gebe es nichts Empfindlicheres auf der ganzen Welt. Im Licht des Mondes betrachtete ich seine blasse Stirn, seine geschlossenen Augen, die Haarsträhnen, die sich im Wind bewegten. Und ich sagte mir: Was ich hier sehe, ist nur eine Hülle. Das Wichtigste ist unsichtbar …

Als auf seinen geöffneten Lippen ein halbes Lächeln erschien, dachte ich: Was mich an diesem kleinen Prinzen so sehr rührt, ist seine Treue zu einer Blume, es ist das Bild einer Rose, das in ihm strahlt wie die Flamme in einer Lampe. Selbst wenn er schläft. Und er kam mir noch zerbrechlicher vor. Man muss die Lampen gut hüten: ein einzelner Windstoß kann sie ausblasen.

Und wie ich so ging, entdeckte ich im Morgengrauen den Brunnen.

25

»Die Menschen«, sagte der kleine Prinz, »werfen sich in die Schnellzüge, aber sie wissen nicht mehr, was sie suchen. Sie bewegen sich, aber sie drehen sich im Kreis ...«

Und er fügte hinzu:

»Es lohnt sich nicht ...«

Der Brunnen, den wir gefunden hatten, sah nicht aus wie die anderen Brunnen in der Sahara. Die Brunnen in der Sahara sind einfache in den Sand gegrabene Löcher. Dieser hier sah aus wie ein Dorfbrunnen. Aber es gab hier kein Dorf. Ich glaubte zu träumen.

»Das ist seltsam«, sagte ich zum kleinen Prinzen, »alles ist bereit: die Rolle, das Seil, der Eimer.«

Er lachte, fasste das Seil und ließ die Rolle spielen. Sie quietschte wie eine alte Wetterfahne, die der Wind lange nicht bewegt hat.

»Hörst du?«, sagte der kleine Prinz. »Wir wecken den Brunnen auf, und er singt ...«

Ich wollte nicht, dass er sich anstrengt.

»Lass mich machen«, sagte ich, »der Eimer ist zu schwer für dich.«

Langsam zog ich den Eimer hoch und stellte ihn auf den Brunnenrand. Ich hatte immer noch das Quietschen der Rolle in den Ohren. Im bewegten Wasser zitterte das Licht der Sonne.

»Ich habe Durst«, sagte der kleine Prinz. »Gib mir zu trinken.«

Ich verstand, was er gesucht hatte!

Ich hob den Eimer an seine Lippen. Er trank mit geschlossenen Augen. Es war schön wie ein Fest. Dieses Wasser war mehr als nur ein Getränk. Es war verzaubert durch unseren Marsch unter den Sternen, durch das Quietschen der Rolle, durch die Anstrengung meiner Arme. Es tat dem Herzen gut wie ein Geschenk. Als ich ein kleiner Junge war, trugen die Lichter des Christbaums, die Musik während der Mitternachtsmesse, das sanfte Lächeln der Eltern zum Strahlen des Weihnachtsgeschenks bei, das ich bekam.

»Deine Menschen züchten fünftausend Rosen in einem einzigen Garten«, sagte der kleine Prinz, »und trotzdem finden sie nicht, was sie suchen …«

»Sie finden es nicht«, sagte ich.

»Dabei könnten sie das, was sie suchen, in einer einzelnen Rose finden oder in ein bisschen Wasser …«

»Natürlich«, sagte ich.

Und der kleine Prinz fügte hinzu:

»Aber die Augen sind blind. Man muss mit dem Herzen suchen.«

Ich hatte getrunken. Ich atmete tief durch. Im Morgengrauen hat der Sand die Farbe von Honig. Ich war auch über diese Honigfarbe glücklich. Warum grämte ich mich …?

»Du musst dein Versprechen halten«, sagte der kleine Prinz, der sich wieder neben mich gesetzt hatte.

»Welches Versprechen?«

»Du weißt schon … der Maulkorb für mein Schaf … ich bin für meine Blume verantwortlich!«

Ich zog meine Skizzen aus der Tasche. Der kleine Prinz sah sie und sagte lachend:

»Deine Baobabs sehen ein wenig wie Kohlköpfe aus …«

»Oh!«

Dabei war ich so stolz auf meine Baobabs gewesen!

»Dein Fuchs … seine Ohren … sie sehen aus wie Hörner … sie sind viel zu lang!«

Er lachte noch einmal.

»Du bist ungerecht, kleiner Mann, ich konnte ja vorher nichts zeichnen als offene und geschlossene Boas.«

»Das wird schon reichen«, sagte er. »Die Kinder werden es verstehen.«

Ich zeichnete also einen Maulkorb. Das Herz tat mir weh, als ich ihm die Zeichnung reichte.

»Du hast etwas vor, von dem ich nichts weiß …«

Aber er antwortete nicht. Er sagte:

»Weißt du, mein Fall auf die Erde … Morgen ist es ein Jahr her …«

Und nach einem kurzen Schweigen fügte er hinzu:

»Ich bin ganz in der Nähe von hier heruntergefallen …«

Er wurde rot. Und wieder tat mir das Herz weh, ohne dass ich wusste weshalb. Allerdings hatte ich eine Frage.

»Also war es kein Zufall, dass du ganz alleine durch die Wüste spaziert bist, tausend Meilen entfernt von bewohntem Gebiet? Du bist zum Ort deines Sturzes zurückgekehrt?«

Der kleine Prinz wurde wieder rot.

Zögernd fügte ich hinzu:

»Vielleicht weil es ein Jahr her ist?«

Noch einmal wurde der kleine Prinz rot. Er antwortete nie auf Fragen, aber wenn man rot wird, heißt das »ja«, nicht wahr?

»Ach!«, sagte ich. »Ich habe Angst.«

Aber er sagte:

»Du musst jetzt arbeiten. Du musst zu deinem Flugzeug zurück. Ich warte hier auf dich. Komm morgen Abend wieder …«

Ich war nicht beruhigt. Ich erinnerte mich an die Worte des Fuchses: Wenn man sich hat zähmen lassen, kann es einem passieren, dass man weinen muss …

26

Neben dem Brunnen gab es eine alte Steinmauer. Als ich am nächsten Abend von meiner Arbeit zurückkam, sah ich schon von weitem den kleinen Prinzen auf der Mauer sitzen. Und ich hörte ihn sprechen.

»Du erinnerst dich also nicht?«, sagte er. »Es war nicht genau hier.«

Eine andere Stimme schien ihm geantwortet zu haben, denn er sagte:

»Doch! Doch! Es ist der Tag, aber es ist nicht genau der Ort.«

Ich ging auf die Mauer zu. Noch immer hörte oder sah ich niemanden. Trotzdem antwortete der kleine Prinz wieder:

»... Bestimmt! Du wirst die Stelle sehen, wo meine Spur im Sand beginnt. Du musst dort nur auf mich warten. Diese Nacht komme ich hin.«

Ich war nur noch zwanzig Meter von der Mauer entfernt und sah immer noch niemanden.

Nach einer kurzen Stille sagte der kleine Prinz:

»Hast du starkes Gift? Bist du sicher, dass ich nicht lange leiden werde?«

Ich hielt an mit schwerem Herzen, aber ich verstand noch immer nicht.

»Jetzt verschwinde«, sagte er. »Ich will hinuntersteigen.«

Ich senkte meine Augen zum Fuß der Mauer und machte einen Satz zur Seite! Dort am Boden hatte sich eine jener gelben Schlangen zum kleinen Prinzen hin aufgerichtet, deren Biss einen Menschen in dreißig Sekunden töten kann! Während ich auf die Mauer zurannte, griff ich in meiner Tasche nach dem Revolver. Aber beim Lärm, den ich machte, sank die Schlange in den Sand zurück wie ein Springbrunnen, der versiegt, und verschwand mit einem metallischen Geräusch ohne übermäßige Eile zwischen den Steinen. Ich erreichte die Mauer gerade rechtzeitig, um dem kleinen Prinzen herunterzuhelfen. Er war bleich wie Schnee.

»Was ist das für eine Geschichte! Sprichst du jetzt mit den Schlangen!«

Ich öffnete sein goldenes Halstuch, das er immer trug, netzte ihm die Schläfen und gab ihm zu trinken. Ich wagte nicht mehr, ihn irgendetwas zu fragen. Er schaute mich an mit ernstem Gesicht, dann schlang er die Arme um meinen Hals. Ich spürte seinen Herzschlag wie den eines sterbenden Vogels, den man mit dem Karabiner geschossen hat. Er sagte:

»Ich bin froh, dass du herausgefunden hast, was mit deinem Motor nicht in Ordnung war. Du wirst nach Hause zurückkehren können …«

»Woher weißt du das?«

Ich hatte ihm gerade erzählen wollen, dass ich entgegen allen Hoffnungen mit meiner Arbeit Erfolg gehabt hatte. Er antwortete nicht auf meine Frage. Stattdessen sagte er:

»Ich werde heute auch nach Hause zurückkehren …«

Und dann etwas traurig:

»Es ist viel weiter weg als dein Zuhause … es ist viel schwieriger, dorthin zu gelangen …«

Ich spürte wohl, dass etwas ganz Außergewöhnliches geschah. Ich drückte ihn in meinen Armen wie ein kleines Kind, dabei war es mir, als entglitte er mir in einen Abgrund, ohne dass ich etwas dagegen tun konnte. Sein Blick war ernst, verloren in der Weite.

»Ich habe dein Schaf und die Kiste für das Schaf. Und ich habe den Maulkorb.«

Er lächelte traurig. Ich wartete lange. Ich hatte den Eindruck, dass er sich nach und nach etwas erwärmte.

»Mein kleiner Mann, hast du Angst gehabt …?«

Natürlich hatte er Angst gehabt! Aber er lachte nur leise.

»Heute Nacht werde ich viel größere Angst haben.«

Wieder war ich wie erstarrt vom Gefühl, dass unser Abschied unabänderlich war. Ich ertrug den Gedanken nicht, dieses Lachen nie mehr zu hören. Es war für mich wie ein Brunnen in der Wüste.

»Mein kleiner Mann, ich will dich noch einmal lachen hören …«

Er aber sagte:

»Diese Nacht wird es ein Jahr her sein. Mein Stern wird genau über dem Ort stehen, von dem ich letztes Jahr heruntergefallen bin …«

»Das ist ein böser Traum, nicht wahr, mein kleiner Mann, diese Geschichte mit der Schlange und eurem Treffen und dem Stern …?«

Er beantwortete meine Frage nicht. Er sagte:

»Das Wichtigste sieht man nicht …«

»Sicher …«

»Es ist wie mit der Blume. Wenn du eine Blume liebst, die auf einem andern Stern ist, dann ist es schön, nachts den Himmel zu betrachten. Es ist, als ob alle Sterne blühten.«

»Sicher …«

»Es ist wie mit dem Wasser. Das Wasser, das du mir zu trinken gegeben hast, war wie Musik, wegen der Rolle und dem Seil … du erinnerst dich … es war gut.«

»Natürlich …«

»Du wirst nachts die Sterne anschauen. Mein Planet ist zu klein, als dass ich ihn dir zeigen könnte. Es ist besser so. Mein Stern wird für dich einer von allen Sternen sein. Also wirst du alle Sterne gern anschauen … Sie werden alle deine Freunde sein. Und außerdem werde ich dir ein Geschenk machen …«

Er lachte wieder.

»Ach! Kleiner Mann, kleiner Mann, ich liebe dein Lachen.«

»Genau das wird mein Geschenk sein … Es wird sein wie mit dem Wasser …«

»Was willst du damit sagen?«

»Die Sterne sind nicht für alle Menschen dieselben. Für jene, die reisen, sind sie Führer in der Nacht. Für andere sind sie nur kleine Lichter. Für die Gelehrten sind sie Probleme. Für meinen Geschäftsmann waren sie Gold. Aber all diese Sterne schweigen. Für dich werden die Sterne sein wie für niemanden sonst …«

»Wie meinst du das?«

»Weil ich auf einem der Sterne wohnen werde, weil ich auf einem lachen werde. Wenn du nachts den Himmel betrachtest, wird es für dich sein, als lachten alle Sterne. Nur für dich werden die Sterne lachen!«

Und er lachte noch einmal.

»Und wenn du getröstet sein wirst (man wird immer irgendwann getröstet), wirst du froh sein, mich gekannt zu haben. Du wirst immer mein Freund sein. Du wirst Lust haben, mit mir zu lachen. Und manchmal wirst du einfach so zum Spaß dein Fenster öffnen … deine Freunde werden sich wundern, wenn sie sehen, wie du in den Himmel lachst. Und du wirst ihnen sagen: ›Ja, wenn ich die Sterne sehe, muss ich immer lachen!‹ Und

sie werden glauben, du seiest verrückt. Ich habe dir einen bösen Streich gespielt.«

Er lachte wieder.

»Es ist, als hätte ich dir statt Sterne lauter kleine Glöckchen geschenkt, die lachen können …«

Er lachte noch einmal. Dann wurde er ernst.

»Diese Nacht … weißt du … komm nicht.«

»Ich werde dich nicht allein lassen.«

»Es wird aussehen, als hätte ich Schmerzen … es wird ein wenig aussehen, als würde ich sterben. So ist das halt. Komm nicht, um dir das anzuschauen, es lohnt sich nicht …«

»Ich werde dich nicht verlassen.«

Er machte sich Sorgen.

»Ich sage das … es ist auch wegen der Schlange.

Sie darf dich nicht beißen … Schlangen sind bösartig. Manchmal beißen sie nur zum Spaß …«

»Ich werde dich nicht verlassen.«

Etwas beruhigte ihn.

»Es ist wahr, sie wird kein Gift mehr haben für einen zweiten Biss …«

Ich sah nicht, wie er in dieser Nacht aufbrach. Er stahl sich weg ohne ein Geräusch. Als ich ihn einholte, ging er mit schnellem, sicherem Schritt. Er sagte nur:

»Ach! Du bist hier …«

Und er nahm meine Hand. Er machte sich wieder Sorgen:

»Du machst einen Fehler … Es wird dir weh tun. Es wird aussehen, als sei ich tot, aber so wird es nicht sein.«

Ich schwieg.

»Verstehst du? Es ist zu weit weg. Ich kann diesen Körper nicht dorthin mitnehmen. Er ist zu schwer.«

Ich schwieg.

»Aber er wird sein wie eine alte, abgelegte Hülle. Alte Hüllen sind nichts Trauriges.«

Ich schwieg noch immer. Er verlor ein wenig den Mut. Aber er versuchte es noch einmal:

»Es wird nett sein, weißt du. Auch ich werde die Sterne betrachten. Alle Sterne werden Brunnen sein

mit rostigen Rollen. Alle Sterne werden mir zu trinken einschenken …«

Ich sagte nichts.

»Das wird wirklich lustig sein! Du wirst fünfhundert Millionen Glöckchen haben und ich fünfhundert Millionen Brunnen …«

Und dann schwieg auch er, denn er weinte.

»Hier ist es. Lass mich einen Schritt alleine machen.«

Er setzte sich hin, weil er Angst hatte. Er sagte:

»Weißt du … meine Blume … ich bin für sie verantwortlich! Und sie ist so schwach! Und sie ist so naiv. Sie hat nur vier winzige Dornen, um sich gegen die Welt zu verteidigen …«

Ich setzte mich, weil ich mich nicht mehr aufrecht halten konnte. Er sagte:

»Also … Das ist alles …«

Er zögerte kurz, dann stand er auf. Er machte einen Schritt. Ich konnte mich nicht bewegen. Ich sah nichts als einen gelben Blitz neben seinem Knöchel. Einen Moment lang blieb er bewegungslos stehen. Er schrie nicht. Er fiel sanft, wie ein Baum fällt. Wegen des Sandes hörte man nicht einmal ein Geräusch.

27

Das alles ist schon sechs Jahre her. Ich habe diese Geschichte noch nie jemandem erzählt. Meine Kameraden waren sehr zufrieden, als sie mich lebendig wiedersahen. Ich war traurig, aber ich sagte ihnen: »Das ist nur die Müdigkeit.«

Inzwischen habe ich mich ein wenig getröstet. Das heißt … nicht ganz. Aber ich bin sicher, dass der kleine Prinz auf seinen Planeten zurückgekehrt ist, denn im Morgengrauen habe ich seinen Körper nicht mehr gefunden. Er war ja nicht sehr schwer … Ich liebe es, nachts den Sternen zuzuhören. Sie klingen wie fünfhundert Millionen Glöckchen …

Nun ist mir aber etwas Dummes passiert. Ich habe damals vergessen, am Maulkorb Lederriemen zu zeichnen. Es wird dem kleinen Prinzen unmöglich gewesen sein, ihn dem Schaf umzubinden. Also frage ich mich: Was ist auf seinem Planeten geschehen? Vielleicht hat ja das Schaf die Blume gefressen …

Dann aber sage ich mir: Bestimmt nicht! Der kleine

Prinz deckt seine Blume ja jeden Abend mit der Glasglocke zu. Und er passt gut auf sein Schaf auf …

Dann bin ich glücklich, und alle Sterne lachen leise. Ein andermal sage ich mir: Manchmal ist man abgelenkt, und das reicht schon! Eines Abends hat er die Glasglocke vergessen oder das Schaf ist nachts ganz leise aus seiner Kiste entwichen … Dann werden aus den Glöckchen lauter Tränen.

Es ist ein großes Geheimnis. Für uns, die wir den kleinen Prinzen lieben, verändert es das ganze Universum,

ob irgendwo ein Schaf eine Rose gefressen hat. Oder ob es sie nicht gefressen hat …

Schaut in den Himmel. Fragt euch: Hat das Schaf die Blume gefressen oder nicht? Und ihr werdet sehen, wie alles sich verändert. Kein Erwachsener wird jemals verstehen, warum das von so großer Bedeutung ist!

Dies ist für mich die schönste und die traurigste Landschaft der Welt. Es ist dieselbe Landschaft wie auf der letzten Seite, aber ich habe sie noch einmal gezeichnet, um sie euch gut zu zeigen. Hier ist der kleine Prinz auf der Welt erschienen, und von hier ist er wieder verschwunden.

Schaut euch die Landschaft genau an, damit ihr sie erkennen werdet, wenn ihr einmal nach Afrika in die Wüste reist. Und falls ihr dort vorbeikommt, dann flehe ich euch an, geht nicht gleich weiter, wartet ein bisschen, genau unter dem Stern! Wenn euch dann ein Kind erscheint, wenn es lacht, wenn es goldenes Haar hat, wenn es nicht auf eure Fragen antwortet, dann werdet ihr wissen, wer es ist. Seid freundlich zu ihm! Lasst mich nicht weiter traurig sein: Schreibt mir schnell, dass der kleine Prinz zurückgekommen ist.